大方
sight

GENTLEMEN OF THE ROAD 哈扎尔绅士

MICHAEL
CHABON

[美] 迈克尔·夏邦 著
姚向辉 译

中信出版集团 | 北京

图书在版编目（CIP）数据

哈扎尔绅士 /（美）迈克尔·夏邦著；姚向辉译
. -- 北京：中信出版社，2019.10
书名原文：Gentlemen of the Road
ISBN 978-7-5217-0877-6

I. ①哈… II. ①迈… ②姚… III. ①短篇小说一小
说集一美国一现代 IV. ① I712.45

中国版本图书馆 CIP 数据核字（2019）第 159850 号

哈扎尔绅士

著　　者：[美] 迈克尔·夏邦
译　　者：姚向辉
出版发行：中信出版集团股份有限公司
（北京市朝阳区惠新东街甲 4 号富盛大厦 2 座　邮编　100029）
（CITIC Publishing Group）
承 印 者：浙江新华数码印务有限公司

开　　本：880mm × 1230mm　1/32　　印　　张：7　　字　　数：112 千字
版　　次：2019 年 10 月第 1 版　　印　　次：2019 年 10 月第 1 次印刷
京权图字：01-2017-7955　　广告经营许可证：京朝工商广字第 8087 号
书　　号：ISBN 978-7-5217-0877-6
定　　价：48.00 元

献给迈克尔·莫洛克

我情愿褪下我全部的荣光，抛弃我尊贵的地位，离开我的家人，越过高山和丘陵，穿越海洋和大地，直到抵达我主王上居住之处，我见到的将不止他的荣光和盛大、他的仆人和大臣，更是以色列人的平安喜乐。目睹此景，我的眼睛将会发亮，我的激情将会迸发，我的嘴唇将吐露赞美上帝的颂词，祂终究未曾收回赐予遭受苦难的子民的恩惠。

——西班牙哈里发拉比哈斯代·伊本·沙普鲁

致哈扎尔汗国统治者约瑟夫的信件

约960年

“从现在开始，我会向你描述那些城市，”可汗这样说，“在你的旅程中，你会发现它们是否真的存在。”

——伊塔洛·卡尔维诺，《看不见的城市》

目录

CHAPTER

I

叙述对一顶帽子的过度热爱
是如何引起争端的

多年以来，一只能用十种语言喷吐脏话的八哥震惊了许多来到这家客栈歇脚的旅行者。斗殴爆发之前，所有人都以为是栖息在壁炉旁架子上的这只蓝舌老魔鬼，在如此鄙俗而激烈地辱骂那位非洲巨人。非洲人占据了离炉火最近的位置，全神贯注地研究着象牙小棋盘上的乌木和牛角棋子[1]，吃着客栈的招牌菜——鹰嘴豆、胡萝卜、干柠檬和羊肉炖菜，他宽阔的肩膀背对着鸟儿，面向客栈的门口，以及朝着蓝色暮霭打开遮光板的窗户。这个温和的秋日夜晚，在高加索山脉东侧丘陵上的阿兰王国，只有非洲人和八哥这两个来自热带丛林的土著需要温暖。非洲人的来头始终

1 本书中提到的棋都是Shatranj，即现在所称的“波斯象棋”，是国际象棋的前身。

是个谜。他身穿夹棉的灰色填充甲，帽兜已经磨出了线头，里面是一件破破烂烂的白色长套衫，让人觉得他曾经在拜占庭的军队里服过役，但半高筒靴系带的黄铜孔眼又说明他或许去过西方。没有人敢去求证他是否听得懂这些来自帝国、汗国、酋长国、游牧部落和其他王国的脏话。他的皮肤色泽仿佛是铜壶上的锈斑，眼睛像骆驼般妩媚，光亮的头顶周围长着一圈绒毛，银白的发色象征着他历经风霜岁月。更重要的是他浑身散发出的沉稳感觉，彰显出他的残暴本性。在丝绸之路的这条小支脉上，连最缺乏经验的旅行者也能看懂，这位非洲人既不欢迎也不保证能够容忍你的提问。因此，客栈里的旅行者有一瞬间对鸟儿的蛮勇敬佩不已，它似乎在用完美的希腊语咒骂非洲人吞吃食物的劲头像极了秃鹫和巴巴里猿猴的杂交后代见到腐肉的贪婪模样。

遭受辱骂后的那一小段时间里，非洲人继续吃着他的炖菜，没有从棋盘上抬起头，就好像压根没有听见。然后，还没等任何人意识到这句骂人的话过于精妙，早已超出了八哥的语言能力——因此鸟儿这次是无辜的，非洲人就将左手伸进了右靴筒，动作流畅而毫无间断，仿佛鹰隼带着死亡从天而降，一截明晃晃的阿拉伯钢刃陡然出现，几节牛皮裹着它粗糙的刀柄，越过长凳，扑向猎物。

无论是坐在猎物右手边的无须年轻人，还是陪伴年轻人的独眼象夫，他们都到死不会忘记匕首刺穿空气的啸声。接下来的声音犹如一只不耐烦的手划破信封，匕首划开了猎物头上那顶黑色宽檐帽的帽顶，猎物是个骨瘦如柴的金发男人，来自某个终年雾锁的国度，那天下午刚骑马从第比利斯大路而来。他是个纤瘦的长脚佬，脸色阴沉，皮肤白如牛油，头发在长脸两侧耷拉成两道金色帘幕。众人听见飞箭击中树身的砰然闷响，帽子从瘦麻杆头上飞出去，像是在表达着惊讶，随即被钉在他背后泥抹墙的一根柱子上，他用他祖国的阴冷方言喊出一个古怪的单音节词语。

壁炉里，堆成堡垒的炽热火炭坍塌成一团灰烬。象夫听见厨房里火炉上水壶盖的咔嗒响声。长凳嘎吱作响，期待斗殴的旅行者们朝脚下吐痰。

这位来自法兰克的瘦麻杆从他被钉住的帽子底下钻出来，一点一点地展开身体，手指顺着金发的分缝捋上去。他看了一眼非洲人，再扭头看一眼帽子，回头继续看着非洲人。他的斗篷、长裤、长袜和皮靴全是黑色的，与他柔软双手的惨白色、下巴与面颊上胡茬的金色形成鲜明的对比。假如他不是神职人员，象夫心想（对象夫来说，识人是了解大象的必然结果），那就肯定是医师或是以玩弄辞藻为生的人。法兰克人站直身体，双臂环抱在瘦骨嶙峋的胸前，用他瘦削的鼻子打量非洲人。他露出顽皮的笑容，歪着脑袋的模样传达着厌烦和觉得可笑的情绪，像极了饱经世故的长者在观赏无谓的人间戏剧。老象夫尽管只有一只眼睛，却也看出瘦麻杆因为帽子受损而狂怒不已。一身送葬人的打扮都是值钱货，没有因为长途奔波而沾染污垢，这证明他很爱护它们，也很重视他本人的外表，以及他的决心有多么坚定。

法兰克人把大拇指和两根细长的手指伸进帽子上的破口，做了个鬼脸，费劲地从柱子上拔出匕首。他用双手拿着帽子翻来覆去地端详，按捺住抚摸帽子的冲动。象夫心想，假如我钟爱的母象去世，我大概也会用同样的方式爱抚它的粗壮后臀。法兰克人把帽子递给身旁的年轻人，用一种十分庄重的神态，仿佛在托付家神的塑像，他拿着匕首穿过房间，来到埋头继续吃炖菜的非洲人面前。

“我相信，”法兰克人对非洲人说，用的依然是无懈可击的拜占庭希腊语，“先生您弄丢了您清理蹄子必不可少的工具。”法兰克人把匕首插在棋盘旁的桌面上，碰翻了几枚棋子。“假如我搞错了贵下肢的确切叫法，那就请您到外面的院子里找我，时间随便您，但最好可以快一点，然后随便选择一种教学工具给我上上课。”

法兰克人等待着对方回答。独眼象夫和年轻人也好奇地等待着。马夫靠在通往院子的门口，从那个方向传来了赔多赔少的悄然交谈声，象夫听见钱币叮当碰撞和马夫用白土粉写字的吱嘎声音，这位斯凡人觉得通过照顾客人挣钱和靠坐视客人赴死挣钱没什么区别。

“非常抱歉，但我不得不向您报告，”非洲人站起身，脑袋擦过斜屋顶的房梁，操着君士坦丁堡皇帝麾下雇佣兵团常用的简化希腊语轻快地说，“我的听力和您眼前这堆虚弱衰老的黑皮破烂一样，退化得无可救药了。”

非洲人拔起桌上的阿拉伯钢刃，就手挥向法兰克人的喉咙，刀尖擦着法兰克人苍白的喉结而过，相差的距离还不到钢刃本身的宽度。法兰克人倒向后方，撞在两个亚美尼亚羊毛掮客身上。他恶狠狠地瞪着他俩，就好像是他们的笨拙，而不是他怯懦的求生本能害得他失足的。

“但我能理解你的大致意思，”非洲人说，把匕首插回靴筒里。马夫的石板上，赔率朝着严重不利于法兰克人的方向倾斜。

非洲人将棋盘和棋子收进一个皮袋，擦净嘴唇，从法兰克人身旁挤过去，经过凳子上那些抻长了脖子的看客，出门走到客栈的院子，准备杀死侮辱他的人或被杀死。人们跟着他走进用火把照亮的庭院，拿着各自的酒杯，用前臂擦拭留着胡须的下巴，有人从马厩里的架子上取来了决斗双方的武器。

非洲人体型庞大，臂长惊人，一副杀气腾腾的样子，虽然自称年事已高，但人们普遍认为那是用来干扰对手的花招，因此还没等旁人取来武器，以及两人决定要如何武装自己，赌局就已经朝有利于非洲人的方向倾斜了。法兰克人只带了一把细得荒唐的长剑，倒是很适合用来在篝火上烤鸟吃，前提是鸟还不能过于肥硕。旅行者纷纷嘲笑这位“拿针的裁缝”，然后上下打量非洲人选择的神秘凶器——一把维京巨斧，斧柄雕着无数互相贯穿的如尼文字，四分之一满月形状的斧刃闪烁着愉悦的金光，大概是回想起了它从喷血脖颈上砍下的所有头颅。

在梅赫月[1]满月的照耀下，火把烧得滋滋作响，非洲人

1 伊朗日历一年中的第七个月。

和法兰克人在院子夯实的土地上互相绕圈。法兰克人迈开两条仿佛高跷的长腿，时而小步疾走，时而双脚交错，长剑的尖端指着非洲人的心脏，又时不时地低头看一眼精致的黑色皮靴，在骆驼和马匹留下的粪便列岛中寻找道路。非洲人以奇特的螃蟹步法侧行绕圈，他弯曲膝盖，眼睛盯着法兰克人，左拳松垮垮地握着斧柄。他们就这么笨拙而近乎温柔地互相掂量，时刻准备着杀死对方。老象夫深受触动，因为他训练过上千头用于杀戮的战象，非常熟悉两位决斗者在血战中流露出的职业气概。不过挤在屋檐和院子拱廊下的其他旅行者，对决斗者杀戮前进行的亲密互动一无所知，变得越来越不耐烦。他们奚落决斗者，催促两人快点动手，好让他们回去吃完晚饭上床歇息。穷极无聊之下，他们将赌注翻了一番。决斗的消息传到了山脚下的村庄，院子的大门口很快就闹哄哄地站满了女人、小孩和留着八字胡、表情哀伤的瘦削男人。男孩爬上屋顶，挥舞拳头，大呼小叫，而法兰克人和非洲人清空了脑海里的最后一丝懊悔。

巨斧嗡嗡振动，像是拖着非洲人扑向法兰克人的腹部。斧刃反射火光，在暮色中画出一个弧形的火色如尼文字。法兰克瘦麻杆盯着巨斧，跳开躲避，斧刃转而飞向他的头部，他下蹲躲避，肩膀着地，滚了一圈。对一个手长脚长的瘦麻杆来说，他敏捷得出奇。他在非洲人背后跳起来，踹了一脚非洲人的屁股，表情严肃得堪称幼稚，围观者再次哄堂大笑。

这是力量与灵活的较量。刚开始押非洲人获胜的旅客，对他的明显优势和维京巨斧很有信心，但之后非洲人怒火中烧，运斧的手法逐渐变得毛躁，没了章法。他打碎了一个装满雨水的大陶罐，浇得十几个旅行者浑身透湿，气恼不已。之后，他又劈裂了一辆载满干草的马车的轮辐。法兰克人表情严肃地跳跃、翻滚，用长剑突刺；狂暴的巨斧砍中石板，泼洒出成把的火花。

火把的光芒摇曳不定，满月升上夜空，起初的一丝血色消失殆尽。屋顶上一个看热闹的男孩探出大半个身子，结果掉下来，摔断了胳膊。人们取来葡萄酒，兑上井水，倒在碗里递给两位决斗者，他们此刻踉踉跄跄地在院子里兜圈，身上十几处伤口流淌着鲜血。

他们扔下酒碗，面对面站住。眼尖的象夫从非洲巨人的眼睛里，瞥见一道亮光一闪而过，他敢发誓那绝对不是火光。巨斧再次拖着非洲人向前冲，就像战马拖着骑兵的尸体。法兰克人蹒跚后退，但就在非洲人与他擦身而过时，他抬起左脚，皮靴的方头不偏不倚地踢中非洲人的腹股沟。在一片寂静之中，非洲人趴在了地上。出于半心半意的同情，客栈院子里的男人们纷纷不安地蠕动身体。法兰克人将他可笑的细剑插进非洲人的侧腹部，随后又拔了出来。非洲人扑腾了几下，躺在地上不再动弹，深色（但不是黑色，有人得出这个结论）的血液流进土地。

马夫朝两个小厮招招手，他们把死去的巨人艰难地拖出院子，扔进一间不再使用的马厩，找了一块陈旧的骆驼皮盖在他身上。

法兰克人抚平袖口、扯直长袜，回到客栈里，拒绝接受祝贺和输钱者善意的揶揄，也没有接受喝一杯的邀请。事实上，忧郁似乎在战斗之后征服了他，也可能是北方人的阴沉天性重新统治了他的心灵和脸孔。他吃完炖菜，起身离开，走到客栈背后的小溪旁清洗双手和脸部，然后钻进弃用的马厩，脱掉损毁的帽子，像是在向对手的武勇致敬。

“多少？”走进马厩后，他问。

“七十。”非洲巨人答道，将毛毡填充甲的绑带系在马鞍的前桥上。他已经在饮水槽里洗掉了伪造的血迹，骑上了一匹红色斑点的安息战马，这匹肌肉发达的高头大马名叫“紫衣贵族”。“等我们到了拉格斯[1]，足够你买一打崭新的漂亮黑帽子了。”

“求你别说‘帽子’这个词了，谢谢，”法兰克人望着帽顶上的窟窿说，“我听了就伤心。”

“你不得不承认我扔得很漂亮吧。”

“不如这顶帽子一半漂亮。”法兰克人说。他把帽子放在一旁，解开衬衫，露出一道横贯腹部的亮红色刀口，伤口挂着亮红色的血珠，从腹腔内淌出一股股鲜血。他转开视线，咬紧牙关，非洲人用一块布为他擦拭身体，然后从法兰克人的鞍袋里取出一个瓦罐，挑出黏稠的黑色药膏涂在伤口上。“我对那顶帽子的喜欢，都快赶上我对席勒尔的感情了。”

法兰克人说的“席勒尔”是一匹长毛牡马，鹰钩鼻，脖子拱起，腿短而粗，后臀宽大，是阿拉伯马和野马在未经监管下的幽会产物。它忽然用鼻息声发出警告，紧接着传来了皮革鞋底踩在干草上的窸窣响动。

法拉克人和活着的非洲人转身望向门口。他们以为会是马夫——结果却是年老的象夫，马夫应该送来他们的那

1　又名雷伊，也即《元史》中的剌夷，伊朗北部的古城。

份赃款，其中包括象夫两个迪拉姆[1]的血汗钱。

“你们这帮狗娘养的骗子。”象夫敬佩地说，一只手伸向了剑柄。

1 阿拉伯地区的货币单位。

CHAPTER

II

叙述酬金和接踵而来的麻烦

非洲人反手从背后抽出维京巨斧，轻而易举地就像水手喷吐出的亵渎粗话。巨斧的名字用如尼文字刻在白蜡木手柄上，翻译过来，大致是“你母亲的奸污者”。但这七个简单的字词保住了象夫头部和颈部之间的接合关系，这个瘦削结实的老家伙手持短剑，看外表像是波斯人，曾经长着右眼的部位只有一团疤痕组织，脸上挂着古怪的冷笑。名叫泽立克曼的法兰克人见过许多次他的伙伴挥舞“奸母者”，假如有哪个白痴自作聪明，怀疑这对搭档“决斗”的真实性，那么这个人，就会随着血肉和骨头的一声闷响，陷入永远的沉默。来者也许会剩下一口气，供其庆祝自己的敏锐嗅觉，但波斯象夫明智地用这口气说了一句：“钱你们留着吧。”他把短剑插回剑鞘里，松开剑柄，举起只剩三根手指的那只手和四根手指的另一只。他右边大腿上挂着一件装饰华丽的武器或工具，古怪的双刃头镶着象牙雕成的圆柄，样子像是矛尖给修枝钩刀生下的孩子。“钱我不要了，朋友们。没见过有谁挣钱比你们更辛苦的。假如附近的人问起你，努比亚人，我的答案只有一句，”他继续朝着“奸母者”说道，而不是阿姆兰，其实阿姆兰是阿比西尼亚[1]人，“那就是你躺在一块骆驼皮毯子底下，死得已经凉透了，而我交谈的对象是你的影子。”

阿姆兰脸色陡变，像是肚子里一阵抽痛，他嘴唇翕动，念诵阿比西尼亚人的咒语，防范一个人从出生就已注定的厄运。阿姆兰自称犹太人，祖上是示巴女王和大卫王之子所罗门在瓶羊和豹子皮堆里打滚后生下的后代，但就泽立克曼所知，阿姆兰只信奉主宰好运和残酷厄运的神祇。还有就是，迷信鬼魂和尸体。若不是伪装决斗有利可图，他才不肯冒险，吸引死神将视线投向他漫长得非同寻常的生命呢。瘦削的波斯老人的笑话让阿姆兰紧张。想到会被搭档的巨大黑影苦苦纠缠，泽立克曼不由得也紧张了起来。

“那么，老独眼，你想怎样？”泽立克曼说着用衬衫遮

---

1 今埃塞俄比亚，一个位于非洲东北部的国家。

住伤口，决斗时为了逼真起见，伤口让他吃了不少苦头。药膏蜇得伤口生疼。泽立克曼的叔父艾尔克哈南教会了他用葡萄酒、蜂蜜、大麦糊和没药配置这种药膏，艾尔克哈南不但是一位拉比、雷根斯堡的大圣人，还曾在米兰担任过宫廷医师。伤口并不深，但腐烂病犹如幽魂般让泽立克曼提心吊胆，他的父辈尽管使出了各种解数，他们虔信的上帝却始终治不好这个病。泽立克曼宁可勇敢面对他那位叔父的药膏，尽管他会因此暴躁易怒。“我不喜欢你脸上的冷笑。”

“那不是冷笑，我向您发誓，”波斯人说，“长错了地方的长牙不但毁了我一只眼睛，也切断了我面颊上的肌肉。伤口愈合后，给我留下了这个酷似轻蔑怪笑的礼物。”他的面部畸形变得更加明显。“不过，自从我离开了大象的陪伴，在绝大多数场合倒是都用得上。”

“我接受过外科医师的一些训练。”泽立克曼说着拔出柳叶刀，这柄细长的钢剑在客栈的旅行者之中激起了那么多的快乐。他比划着在象夫完好的另一侧面颊上画出一个四分之一英寸切口的轮廓和角度。泽立克曼觉得柳叶刀比对手的驯象钩还要怪异，没有锋刃，尖端极为锐利，硬直但平衡性良好，除了刺穿器官之外，无法实现其他的武斗目标。

这是一件按需定制的武器，其制造者常年为泽立克曼家族的拉比兼医师供应手术刀和放血针。它微妙地违抗了法兰克人的法律，因为法律禁止犹太人携带武器，哪怕是用于自卫也不行；哪怕是一群武装歹徒将你尖叫着的母亲和姐妹拖出厨房，在街头对她们做出恶不堪言的暴行，儿时的你囿于法律，也只能手无寸铁地袖手旁观。暴力、环境、背教者的不顾一切，再加上机遇，让他认识了一位非洲雇佣兵，种种因素逼迫泽立克曼将自己变成一名接受雇佣的杀戮者，阿姆兰教会他承受这份工作附带的痛苦。但从天性和传承两方面，泽立克曼都是一名治疗者，虽说刚开始只是一个黑色幽默，然而，如今他之所以喜欢柳叶刀，主要是因为它能够慈悲地准确刺中目标。“也许我应该帮你修剪一下另外半边脸。给你一个更能反映你如何满足于尘世奇迹的笑容。”

现在轮到老象夫因为一个小小玩笑而紧张了。他从泽立克曼面前后退了一步。

“您看见和我旅行的那位年轻人了吗？”他说，“菲拉克，出来吧。我叫他菲拉克，在波斯语里是——”

“小象。”阿姆兰说。他的语言天赋不亚于那只爱骂人的八哥。

“对。他现在就是一堆皮包骨头，所以您现在看不出来，但在他小的时候，这个名字再适合不过了。”

年轻人从一堆新鲜干草背后走出来。决斗开始前，泽立克曼将帽子托付给了他。他耷拉着肩膀，手腕细瘦，脸上长着雀斑，有一双绿眼睛，裹着一张熊皮，对今天这个傍晚来说过于温暖，对散发着畜群和奶酪臭味的破旧客栈来说过于精致。他的下巴和嘴唇上还没有须发，但站直了和泽立克曼差不多高，从他玫瑰红的脸色、黄褐色短发的光泽和羞怯与傲慢兼而有之的眼神，来自雷根斯堡的医师可以推断出他享受了十五六年的上等食物、干净床单和愿望总能成真。在拉文纳的市场上，那顶帽子花掉了泽立克曼三十枚达克特，在由于帽子被毁而灌满他灵魂的昏暗暮色中，命运之手点燃了一根细细的灯芯。裹熊皮的年轻人散发着金钱的气息，比马粪、奶酪和独眼波斯人的怪味加起来还要浓烈。

“安全护送这个人的酬劳，我向您保证，比你们要把戏的要丰厚得多。”象夫说。

“我们没有堕落到从事勒索的地步，”阿姆兰说，尽管他在医学方面只是学徒，但依然非常了解人性的腐坏。“也不和堕落到那种地步的人打交道。”

“但他不是我劫来的啊。”

“然而任何人一眼就能看出来，”阿姆兰说，用他发色如银的头部朝泽立克曼努了努，意思是现在该给席勒尔装马鞍了，然后赶往村外一里格[1]的林间空地，他们和马夫约定在那里见面，领取报酬，“他并不是自愿出现在这儿的。”

“确实如此，”象夫用疲惫不堪的语气说，“他也从不厌倦于向我表明态度。自从我们离开阿迪尔[2]，某人已经三次企图溜走了。”

“阿迪尔，”泽立克曼说，摇曳的小小火苗烧得越来越稳定和明亮了，“他是哈扎尔人？”

听见“哈扎尔”二字，年轻人开始缓缓地点头，橄榄石色的眼睛里也燃起了希望的火花。年轻人用听起来像是突厥人交谈的语言说了几个字，然后又用犹太人的神圣语言喃喃吐出一个如梦似幻的短语，泽立克曼诧异得目瞪口呆。他的蛮族口音使得字词难以分辨，但依然饱含渴望，在泽立克曼胸中掀起了强烈的欲望：他多么想亲眼见到传说中自由的红发犹太人在里海西岸建立的王国，那里既有哈扎尔人的尖塔，也有犹太人的毡包。

---

1 里格，陆地及海洋的古老的测量单位。在陆地上时，一里格通常被认为是3英里，即4.827公里。

2 阿迪尔（Atil），位于伏尔加河下游阿斯特拉罕一带的繁荣城市，9世纪时出现在阿拉伯史籍的记录中。

“真的有这么一个地方吗？”泽立克曼用神圣语言问年轻人，“犹太人国王统治其他犹太人？”

“什么？”象夫警惕地问，他负责看管的年轻人的计谋和欺诈手段让他提心吊胆。“他在说什么？”

“我们正在讨论这个孩子的建议，他请我们杀死你，老独眼，然后送他返回阿迪尔，他的家人会因为他的回归，慷慨地报答我们。”泽立克曼说。其实年轻人用神圣语言说的那些话里，他只听懂了一个字：家。

“我不得不说，这恐怕不太可能，”老斗士说，“倒不是说，他不可能说这些话，因为只要能捞到机会回家和像傻瓜似的寻仇，他什么话都能说，什么事都肯做。”他抓住驯象棒的象牙手柄，转向年轻人。“傻瓜！”他吼道，很像在训斥一头不顺从的巨兽，“你这么弱小，又没有朋友，到底能做什么？”

年轻人涨红了脸，瞪着他的监护人。凝固在象夫脸上的轻蔑笑容似乎残忍地适合这一幕。

“不，”象夫说，“二位恐怕无法指望从那个方向得到任何奖赏，因为他的父母和叔伯已经遭到屠杀，姨妈和姐妹悉数被卖进妓院，兄弟被锁在罗斯长舟的划桨座上。要是我无法在被抓住前，将他送到目的地，这个年轻人也会被卖掉或杀死。我们比追兵领先一天，甚至还不到一天，因此我才会来找二位绅士。我打算送这位热昏了头的年轻人去阿塞拜疆，他在他母亲的族人中能获得安全，让他外祖父宅邸的高墙保护他吧，他母亲的父亲以强硬而远近闻名。看了你们今晚的表演，我敢断言，观众信以为真，不仅是因为你们戏演得好，更因为你们的杀人技艺足够高超。我有两百英里的路程要骑行，还必须甩掉追击的刺客，然后才能说我履行了自己的职责，所以我非常希望二位能够同行，帮助我完成愿望。”

他说了一个数字，大约是拜占庭军队中十夫长年薪的五倍。

“他的家族做了什么事，”阿姆兰慢吞吞地说，眼睛盯着男孩，“导致别人非要斩草除根不可？”

“他父亲是伯克，”象夫说，“就是战争国王[1]，也是我的主人。我负责照顾王家战象，四十九头来自非洲和印度的厚皮动物。它们和我共同度过了三十多年。我可以毫不犹豫地告诉你，我当它们是我的朋友。这个年轻人也一样。就这么说吧，比起宫廷的浮华和繁文缛节，他更像是在象圈

1 哈扎尔汗国的王权分成两部分。名义上的可汗出身阿史那氏，从不见人。伯克是事实上的国王，管理军事与行政。

里长大的。”

年轻的王子身上确实有一些粗鲁或奇特之处，泽立克曼先前将其归咎于教养，现在看来应该是和大象一同成长的结果。

“过去的这个春天，”象夫继续道，粗哑的声音因为哀痛而压低，“从波斯传来瘟病，它杀死或弄残了所有可怜的庞然巨兽。伯克很在意他的战象——你要知道，连拜占庭的皇帝现在也只有四十七头——甚至把大象图案加在了他的个人纹章上，因此，唉，象群的死亡显得非常不妙。简而言之，一个坏兆头。有些人已经对伯克起了歹意，这场瘟病更是坚定了他们的信心。一个叫布连的将军抓住时机，在基辅路上伏击了热爱大象的老伯克，然后立刻入驻昆莫要塞。从那以后，布连就开始极为用心地除掉所有或许对这件事有所怨恨的人，当然首先就是伯克的兄弟妻儿。”

“朋友，我非常同情你的那些动物，”阿姆兰抓住缰绳，领着他的马走向马厩门，“但我们同样没有堕落到从事政治的地步。”

“阿姆兰，”泽立克曼说，“能聊两句吗？”

他们让波斯人和年轻人先去院子里等着，然后按照每次来到财富的十字路口时的惯例，争吵得像两个雷根斯堡的卖鱼婆娘。他们首先争论他们有没有时间争论，以及争论会不会害得他们错过与马夫在林间空地的约定，然后他俩争论是谁的过错害得他们没有拿到特拉布松郊外旅舍老板应给的那份酬劳。泽立克曼好不容易才把争论的战场拉回大象男孩、他外祖父在阿塞拜疆的堡垒和护送他能轻而易举地挣一笔快钱的问题上，两人却又捡起了持续多年的争论话题，那就是谁对“赚快钱”的定义更不符合生活经验，还有在两人近期搭档出击的过程中，谁比较怂，而谁更充分地展示了勇气。接下来他们开始争论这段长期孽缘的总体平等性质和谁应该担负更多的重责，话题不可避免地被引向那顶帽子，以及做戏的逼真性是否必然导致它的损坏。阿姆兰刚挖掘出多年前在的里雅斯特的一场可笑惨败时，马厩外忽然传来轻微的一声呻吟，然后是刺耳的砰然响声，听起来像是发闷的钟声，但在泽立克曼的耳中，那无疑是头骨撞在木质墙板上的声音。

他们来到门外，不幸的象夫的尸体出现在眼前，黑色羽毛的利箭插在他的喉咙上。他俩缩着脖子扫视屋顶，但天色太暗，什么也看不见。泽立克曼听见背后传来呼吸声，一转身看见年轻人躲在雨水瓮背后，双手捂着脸正在哭泣。泽立克曼不太擅长怜悯痛哭流涕的年轻人，因为在十五岁生日前后的某天早晨，他醒来时发现——出于某种神秘的原因，既和他对人性缺陷和弱点的研究有关，也和他母亲和姐妹被强奸和杀害有关——他的心变成了顽石。

“闭嘴！”他用希腊语、希伯来语、阿拉伯语和斯拉夫语分别对年轻人说，出于保险起见，又用法兰克语重复了一遍，命令小伙子钳住他该死的臭嘴。“否则我就一箭钉死你。”

然而他根本没有时间将威胁付诸行动，因为下一个瞬间，一名喝醉的旅客踉踉跄跄地走出客栈大堂，看见阿姆兰蹲在一辆马车的轮子背后。

“是那个努比亚人！”旅客一阵惊诧之后，召唤伙伴们放下酒壶出来。

“你看看，我说咱们该走了的时候，咱们为什么就不能一走了之呢？”阿姆兰说。

客栈里的众人扑向他们，在酒精的驱使下，咆哮、拳头、皮靴和连满嘴脏话的八哥都会相形见绌的咒骂声像雨点一般洒落。一帮阿瓦尔人[1]跑向存放武器的棚屋。泽立克曼勉强站直，挥舞拳头，好不容易才重新钻进马厩。他驱赶马匹冲散愤怒的人群，跳上席勒尔，阿姆兰也挣扎着冲

---

1 欧亚大陆的一个游牧民族，约在6世纪时迁徙到欧洲中部和东部。9世纪初前统治潘诺尼亚平原。

向他的坐骑。他指挥马匹短跳几下，猛然左转，腾跃两步，穿过了纠缠的人群。他挥动柳叶刀，两下就解下了拴在马夫腰带上的钱袋。他们驭马穿过客栈院子的大门，跑上了外面的路。

他们钻进树林寻求掩护，披荆斩棘，穿过犹如刀剑和棍棒的月光，最终回到大路上，转弯跑向南方的阿塞拜疆，泽立克曼这才注意到年轻人坐在阿姆兰背后，他抱着巨人的腰，扭头望着背后月光下的路和路另一头越来越遥远的家乡。

CHAPTER

III

叙述拖油瓶和冒险之路的无情之处

无论哈扎尔战象作为伙伴具有什么样的美德，它们显然都未能向菲拉克传授良好的礼仪。三个人刚刚和客栈之间拉开一英里的距离，年轻人就开始咒骂他的两位保镖，在接下来的几天内始终坚持不懈。他使用一种像是用双簧片吹奏的喉音语言，这种语言被发明出来似乎只有骂人一个用途。在前往阿塞拜疆的四天旅程中，他们沿着羊肠小道向下走，穿过雷声隆隆的峡谷；避开大路，摸黑潜行。年轻人只在吃饭、骑马打瞌睡和裹着熊皮在不生火的营地休息时，才会住嘴。他两次尝试逃跑，泽立克曼和阿姆兰只好把他捆起来绑在鞍尾上。

逃跑的企图被挫败后，年轻人只能阴沉着脸请求他们准许他去清空膀胱，他拒绝在两位保镖面前完成此种行为。

泽立克曼认为这可能是象类的端庄本性，阿姆兰则认为这是因为他太傲慢，说菲拉克王子无疑拉屎拉的是黄金，撒尿撒的是陈年佳酿。菲拉克第二次清空膀胱、未能如期返回后，他们不得不沿着藤蔓丛生、黄蜂飞舞的山坡追踪足足四里格，才抓住他。两位搭档用绳子绑住他，但他依然拒绝让他们见到和闻到他尊贵的王室排泄物，于是阿姆兰只好每隔一段时间，就用皮绳牵着他走进灌木丛，把他拴在一棵树上，再等一段合情合理的时间过后去接他回来。

“我得出一个新的结论。”泽立克曼说。他坐在一块状如狗熊的绿色花岗岩石块的阴影中，将损坏的帽子拉下来遮住眼睛，嘴里叼着爱尔兰短柄陶烟杆，烟斗里填着用大麻籽和蜂蜜调制的烟膏。阿姆兰不碰那东西，但纵容泽立克曼的这个爱好，因为烟杆往往能让搭档用更宽容的眼光，看待凡俗造物的不完美之处。阿比西尼亚的犹太人将其归咎于精力过剩的恶魔的干涉，而泽立克曼则认为它证明了造物既没有神圣意志的干涉，也没有任何意图可言，就像潮水落下后彼此缠结的垃圾和贝壳。如此的异端观点足以震惊比阿姆兰更欠缺内心平静的人，然而和泽立克曼的其他异端言行一样，它同样无法给它的散播者带来任何慰藉。“整件事都是伯克一家安排的，弄得看起来像是被那个叫布连的家伙灭了满门，实际上是想一劳永逸地摆脱这个小崽子。”

阿姆兰点点头。他蹲在那块石头顶上，听着菲拉克体内的水分打在岩壁上的嘶嘶声，眼睛顺着灰绿色的岩褶、灰棕色的悬崖和山坡的花岗岩矿脉望向谷底，他们将在那里找到年轻人外祖父的堡垒，金银财宝正在铜墙铁壁后等待着尊贵的拯救者。他看见了细细的一缕黑烟，山谷另一侧是最后几座半高不低的山丘，高加索山脉很快就将汇入大海。

“说不定他们安排好了集体自杀，”阿姆兰说，“为了确保万无一失。”

泽立克曼不得不承认，在过去这几天与菲拉克痛苦的朝夕相处之中，他自己也动过不想活了的念头。于是阿姆兰用吉兹语为他念了一段祷词，它能够引开恶魔的视线，因为泽立克曼很容易沦为黑胆汁[1]的猎物。然后泽立克曼就会想到他鞍袋里的致命药酒，在特拉布松城度过的某个凄凉夜晚，他真的喝了几口。

“哀痛肯定会逼得那孩子发疯。”泽立克曼用做梦般的语调说。他把帽子拉得更低了，正在抽的烟膏发挥着效力。“失去母亲和父亲，王冠和宫殿。还有他的大象伙伴。我觉

---

1 中世纪生理学的四种体液之一，被认为能引起忧愁。

得我们应该同情他。”

“好主意，”阿姆兰说，“您先请。”

山坡上的流水声停止了。阿姆兰转过头，看见菲拉克已经爬到了离山脊还剩一半路程的地方——他手脚着地，扒着滚动的砾石向上爬，跑向北方一百里格之外的家乡和亲人的鬼魂。阿姆兰用好几种语言发出一连串的咒骂，算是在向客栈那只老八哥致敬。他跳下岩石，迈开两条强健的长腿，大步流星地追了上去。太阳明晃晃地照着他的头顶，他汗流浃背，荆棘撕扯着衣衫，但因为他追寻被偷走的女儿黛娜的灵魂已有近二十年，既在睡梦里，也在无数的路和王国之中。所以对于幽灵女孩的追寻者来说，一个大嘴巴的哈扎尔人无法构成任何挑战。

“不，”菲拉克用蹩脚的阿拉伯语喊道，阿姆兰抓住被菲拉克啃断的皮绳，把他拖进一棵冷杉树的树荫。“求求你，大人。回家，求求你，送我。”

他跪倒在地，如圣甲虫外壳一般的碧绿双眼充满了泪水。他使尽了阿拉伯人丰富的哄骗和哀求才能，尽管这东西在他体内的储藏量非常有限，可怜巴巴地用支离破碎的短句坚称，他宁可在阿迪尔被折磨至死，也不愿靠外祖父施舍的保护逍遥度日，因为前者至少证明他尝试过向布连寻仇了。

阿姆兰转开视线，仅仅一小时前，年轻人还在祈求老天让他得上麻风病和浑身脓疱，此刻却出乎意料地变得如此顺从，他不禁有些困惑。他拉着菲拉克起身，就像男人回顾偷情史似的，想起自己遥远的少年时代，他也曾四处寻仇，而且不止一次地成功过。他绑好被啃断的皮绳，这次编了三股以确保皮绳更加结实，他拽着菲拉克穿过悬钩子树丛，回到那块岩石旁。泽立克曼依然躺在岩石逐渐拉长的黑影里，思考着每次吸了烟膏就会沉浸其中的悖论或哲学问题。他觉察到阿姆兰回来了，起身走向年轻人。

“世间万事终结于死亡，”他用神圣的语言说，“你知道的，对吧？”

他表情亲切，声调柔和，像是一位老师。菲拉克点点头。

“因此复仇是徒劳的，是毫无必要的白费力气。布连迟早会变成尘土中的一捧白骨。你和我，还有抓着缰绳的那头巨兽也一样。复仇是上帝的独门生意。”

“我要他受苦，”菲拉克说，“我要伤害他，看他在剧痛中挣扎。”

泽立克曼眨眨眼，抬起一只手按住菲拉克的肩膀，动作既温和又鄙夷。

“看来你和上帝有很多共同之处，”他说，“不过现在请你乖乖上马，坐在我背后，否则我们就只能连你的脚踝也捆住了。”

菲拉克似乎非常认真地考虑了一下这个问题。

“你还是捆住我的脚踝比较好。”他答道。

泽立克曼捆好他的脚踝，把他横放在马肩上。年轻人嘟囔了一阵，大致是迟到地祝愿泽立克曼祖父的睾丸上长满肿瘤。但随着离堡垒越来越近，他蜷起身体，既不说话也不动弹，似乎终于向命运低下了头颅。

离堡垒还有两英里下坡路的时候，他们意识到那股黑烟过于浓厚，不可能是在焚烧垃圾或做饭。滚滚黑烟向天空倾泻，他们把马拴在一条小溪旁的灌木丛里，河沟里流淌着冰冷的小股山泉，他们顺着河沟悄悄向前走，直到离堡垒仅有半里格的地方才停下。泽立克曼从包里取出一个古怪的玻璃小玩意——这是他唯一的家传宝贝，由某位波斯天才发明，一对磨平的透明玻璃珠一前一后地装在黄铜框架上，能够让你看清远处物体的细节。两位搭档来回传递着波斯魔镜，轮流观察堡垒的情况。那是一幢由木材、泥巴和瓦片搭建的庞然大物，位于一座圆锥形的丘陵顶端，结实的防御工程环绕山脚。火烧得很旺，滚滚浓烟涌向天空，根部是血脉般的火焰，发出宛如洞穴入口的呼啸声。被战斧劈裂的巨大木门挂在门框上，同样在冒出黑烟。尸体点缀着防御工程的墙头，有戴着头盔的卫兵，有身穿土耳其风格甲胄的袭击者，也有光着头脸的家族侍从，他们手持厨刀和干草叉英勇赴死。干草与木料焚烧的烟味和烘烤脂肪的焦臭味笼罩着一切，仿佛嘲弄着征服者和被征服者双方，提醒他们想起自己从根本上说只是肉块，而鸢鹞和秃鹫已经开始在深蓝色的天空中懒洋洋地盘旋。

他们在小溪旁，隔着安全距离，观望堡垒燃烧，直到食腐鸟类纷纷落下，像王公似的，在墙头漫步。两人把茫然的年轻人绑在一棵柳树高悬的树枝上，然后拔出武器，蹑手蹑脚地摸到破碎的橡木大门前，偷偷摸摸地溜了进去。

有人在唱歌。阿姆兰听见拨弦的乐声和既轻快又刺耳的人声——一个老男人或老女人。在声音的指引下，他们顺着一条弯弯曲曲的小径走向山顶，脚下踩着尘土与鲜血和成的烂泥，经过女人、孩童和卫兵的肮脏尸体。尸体共有三四十具，其中有一个干瘪老太婆和一个尚在襁褓之中的婴儿。阿姆兰不停地喃喃祷告，既为被屠杀者的灵魂，也为身处血腥屠场中的自己。山顶上，一个没有眼睛的老人坐在主屋拱门下的一个木桶上，拨弄着两根琴弦的葫芦状乐器，用怪异的颤声唱着疯子般的歌词。

“好家伙！”泽立克曼说，打量着一间储藏室被焚烧后的遗迹，曾经码放整齐的成捆羊毛已化作油腻腻的液体，此刻还在翻腾冒泡。

“而且人数不少！要么是象夫低估了人数，要么是那位布连增加了追击者的数量。我看见至少十二匹马的足迹。”

他们浪费了一个小时勘察堡垒，走遍了逃过劫难或已经冷却得可供查看的房间。储藏室和食品库全都烧成了灰烬，家传宝物就算侥幸躲过袭击者的劫掠，也葬身在了熊熊火焰之中。最后他们返回小溪时，只带走一对漂亮但经受了烟熏火燎的山羊。快走到他们捆菲拉克的那棵柳树时，两人发现他们面临着一个难题，那就是该如何处理他们保护的那位年轻人。阿姆兰向泽立克曼表达了他的疑惑。

“我们现在没有理由不将他视为我们的财产了，”泽立克曼提出他的看法，“一位配得上这个头衔的冒险绅士应该带他去最近的奴隶市场，看看能换到一个什么好价钱。”

“这恐怕就解释了咱们混这一行为什么从不顺风顺水，泽立克曼，”阿姆兰说，“因为我做不出这种事。”

“是啊，”泽立克曼哀伤地说，“我也是。”

他们回到柳树旁，却发现年轻人已经无影无踪，只剩下被解开的骆驼皮绳系在风中，像柳条般摇曳。这个结果让阿姆兰灰心丧气，但出于他个人哲学的宗旨，他倾向于接受现实和继续上路。或许，他本来可以用这样的结果也有它的好处来说服泽立克曼，然而，当他们去牵拴在树丛中的坐骑时，却发现只剩下了紫衣贵族和两个人的鞍袋——从客栈弄到的金币和大鼻子卷毛的阿拉伯混血马席勒尔却不见了踪影。

他们匆忙捆好山羊，挂在紫衣贵族的马鞍上，两人一前一后地爬上马背，顺着小径向山上走。然而负担着两名骑手的体重，就连强壮的波斯牡马也无望追上步履灵活的席勒尔。他们爬上山口，“之”字形大路懒洋洋地伸向里海的岸边，然后向北通往阿迪尔城。菲拉克的缺乏经验和不稳定的精神状态，成为他们抓住他的全部希望，当然更重要的是，取回泽立克曼的坐骑。这个损失已经快让泽立克曼陷入抑郁——大麻烟的效力早已过去，这一次他的心境将会变得异常阴沉。

“你带领我们来的这个该死的国家，已经害得我损失了一顶帽子，”泽立克曼说，“更不用说那袋金币了。假如连席勒尔都要离开我，我真的会非常不高兴的。”

阿姆兰好不容易才忍住没有指出，这次高加索山脉旅程的起源，正是泽立克曼的一场烟斗迷梦。他看见前方被踢散的草皮，四十英尺外一片林间空地边缘的一棵枯树上插着一根黑羽长箭。他跳下马，蹲在地上，慢慢挪动鞋跟，试图从马蹄印和搏斗留下的其他痕迹中解读出线索。

“布连的猎手发现了他，”研究泥土印痕，使他得出这个结论，“他们在这儿逮住了他。他挣扎想逃跑。他打倒了他们中的一个。他们在这儿绑住他，把他放上一匹马。然后再次出发，向北走了。”

“费了那么大的工夫，”泽立克曼说道，“他们为什么不杀了他？”

“也许已经杀了，但我没有找到证据。”

“席勒尔呢？对，我看见它的马蹄印了。”

泽立克曼靠着那棵枯树坐下，阿姆兰看得出他正在坠向他那些阴暗的念头，就像你望着太阳落入西边的大海。他们几乎不可能追上席勒尔了，因此处境变得愈加绝望，而且即便就算他们真的赶上了那群追捕者，也必须面对至少一对十的悬殊比例。

“起来。”阿姆兰说。

泽立克曼抬头看着他，毫无表情的脸上抹着烟灰，无法摆脱的疲惫已经迅猛地攻占了他的脸部，就像冰冷而黑暗的海水冲进破裂的船壳。

“有什么意义呢？”泽立克曼说。

“你看，”阿姆兰拔出匕首对着泽立克曼，就像不久前在客栈里那样，刀尖离他的咽喉还不到一指宽，“我宁可让你的死亡成为我良心的负担，或者直面一个星期的艰苦骑行和一群武装暴徒，也不愿忍受你一个月甚至更久的唠叨。”

泽立克曼端详着匕首和搭档的面孔，似乎在认真斟酌着阿姆兰提出的三个选择。最终，他伸出手，阿姆兰拉着他站了起来。

“你的良心是什么时候长出来的？”泽立克曼问道。

“一个说法而已。你要怎么选？”

泽立克曼从被熏黑的树桩上拔出黑羽箭，耸耸肩递给阿姆兰。

“只不过是因为我知道席勒尔有多么想念我。”他说。

CHAPTER

IV

叙述一个天使和一项事业
如何替换另一个天使和另一项事业

在远征高加索期间，亚历山大大帝兴建的这座神庙，现在只剩下饱经风霜的底座和一根犹如残烛的凹槽断柱，像是在纪念那场失败的战役和见证他信仰的诸神的毁灭。一个自命为恶棍的男人靠在那根断柱上，右手捂着腹部上长长的一道伤口。他叫哈努卡，已经在这儿坐了漫长的两天两夜，越来越不耐烦地等待死亡天使的降临。

作为农夫，他很失败，当毛皮贩子和士兵同样失败，如今的身份是一名赏金猎人。他在一时心血来潮之下走上了这条歧路——在最后一刻，顶替一名更有资格的刺客加入队伍，而那位刺客的暴力生涯结束于猎捕小组动身前那天晚上的一家酒馆里，第二天，他们就将从阿迪尔出发，前去寻找布连的仇敌家族中唯一尚未落网的幸存者。

另外五名像哈努卡一样忠于其雇主（或者他的金币）的赏金猎人横七竖八地躺在废墟中，样子像极了柱廊倾覆的碎块。尸体之中还有两名哈努卡先前的同伴，他俩被他们的囚徒菲拉克高傲的举止、唾手可得的金币以及层层加码的承诺收买了。经过两天的暴晒，微风将恶臭送进哈努卡的鼻子，掀起微风的是秃鹫的翅膀，杀戮结束后几个小时，披着黑色羽衣的食腐动物就前来享用盛宴了。

一个皮袋搁在他右臂的肘弯中，里面还剩下几口清水。自从今天黎明以来，哈努卡就禁止自己喝水了，希望能借此加速他的死亡。腹部的伤口不再带来剧烈的痛苦，他认为这是个好兆头，说明死亡天使已经结束了耽搁他的其他事务，正在飞快地赶来收割他的生命。在哈努卡等死的最初几小时里，折磨他的自责已经衰减成了形而上的懊悔，生命的损耗足以吞噬凡人的一切雄心。是他想挣钱为萨拉赎身的虚妄欲望（他钟爱的萨拉是鲟鱼街妓院的一名妓女），使得他带着利剑加入了布连的杀人队伍。哈努卡与老伯克没有任何仇怨，事实上他曾经认为老伯克是一位有能力的领袖，值得他的效忠和赞美。他不情愿地参与了对阿塞拜疆那座堡垒的围攻，战斗持续了一个小时，他从头到尾都躲在马厩背后的一辆干草马车底下。

他坐在这儿，等待着成为一堆腐肉。脑海里的念头放在仅仅一周以前，肯定会被自己斥为荒谬，因为，此刻他觉得丰满而活泼的萨拉恐怕不值得他受苦和献出生命，她毕竟也有她的缺点，比方说嚼东西喜欢吧唧嘴；若是喝了太多的牛奶，排出的气体会散发出令人不安的硫黄臭味。

然而，当哈努卡看见两位行路人的时候，他顿时忘记了自己的决心，拿起水囊痛饮一大口。来者是一个非洲巨人和一个黑帽瘦麻杆，两人挤在一匹看似行将倒下的斑点大马的宽阔后背上。见到看上去并非食腐者的活物，唤醒了哈努卡心中的求生欲，尽管腹部有个巨大的伤口，但他依然希望能够尽可能地延长生命，甚至再次见到他丰满的萨拉。

“朋友们。”他用阿拉伯语喊道，声音嘶哑而急促。

非洲人勒住嘴唇发白、眼神狂乱的小跑骏马，两位行路人跳下马背：非洲人动作疲惫，面无表情；瘦麻杆龇牙咧嘴，似乎正在腹痛。大块头卸下马鞍，取掉垫毯，放斑点牡马离开尸体和食腐大鸟，去一棵节瘤横生的杜松树下，啃食稀疏树荫中的青草。那棵树另一侧几杆[1]处有一小股溪水，马垂下耳朵，喷了一下鼻息，伸出鼻子闻了闻。非洲

1 长度单位，1杆约等于5.03米。

人拍着马的脖颈，用柔和如天鹅绒的语气对它说话。哈努卡瞥见巨人挂在背后的巨斧，开始后悔引起了他们注意的决定。因为就士兵而言，对马匹的仁爱，往往伴随着必要时对人类的残忍。

第二个男人的行为更加令人费解。哈努卡用手把生命捂在身体里，法兰克人摇摇晃晃地走向他所倚靠的那根断柱，对他周围的尸体既没有避而远之，也并非视而不见，而是主动凑上去仔细研究，时不时停下脚步，蹲下来查看尸体的状态和伤口的情况。他终于来到哈努卡面前，用浅淡得近乎无色的蓝眼睛打量着哈努卡，这双眼睛藏在宽阔帽檐投下的阴影中，清澈而冰冷，就像即将落在哈努卡身上的厄运。

“你是死亡天使吗？”

“你想得美，肥仔，”苍白的陌生人说，“我是白痴的天使。”

他抓住哈努卡的右手，想把它从剑伤上拉开。他的手和他的态度与眼神一样冰冷，但其中也有令人安心之处，哈努卡没有反抗。然而，他使出浑身力气捂住伤口的时间太久，胳膊肘拒绝弯曲，凝固的血液将那只手粘在了伤口上。

“你哪儿都别去，”法兰克人说，命运为哈努卡选择了这个充满敌意的地方作为葬身之处，尽管似乎不合时宜，但他还是开了个玩笑，目的并不是为了取乐，因为整件事都不太好笑，而是有礼貌地假装哈努卡还有足够多的时间可供浪费，从而安慰濒临死亡的雇佣兵。

“你是医生。”哈努卡忽然想通了，法兰克人回答“是”。他起身走向被巨人扔在地上的鞍袋，取出一个拉绳扎口的皮革大口袋和一卷用缎带捆住的帆布，拿着它们，从尸体之间回到伤员身旁。他打开那卷帆布，一组钢铁小工具出现在眼前，哈努卡倾向于不去猜测每一样的用途，法兰克人又解开皮袋的拉绳。与此同时，黑种巨人已经开始勘测宿营地了。三天前的夜里，哈努卡和伙伴们在那里分享了一头烤山羊和一桶抢来的葡萄酒，然后某个白痴犯了个天大的错误，他取出塞在年轻人嘴里的破布，想看看灌下黄汤之后，年轻人会不会说一些可笑的话或做一些可笑的事情。非洲人不但仔细查看尸体，也同样仔细地研究了树木、岩石与路面的情况、尘土中的脚印以及太阳在天空中的位置。看着他，哈努卡难以想象，还有谁能与肤色惨白的瘦麻杆更截然不同了。但当非洲人来到搭档身旁站住后，哈努卡发现他有着和瘦麻杆一样的坚定眼神，他们明显对深入了解哈努卡这个人毫无兴趣，只想从这个倒霉的必死之人嘴里问出屈指可数的几件事实。

“张嘴。”法兰克人说。他递过来一根陈年旧骨颜色的小烟杆，烟斗里填满了颜色诡异的棕色混合物。哈努卡张开他皲裂的嘴唇，法兰克人对着烟斗击打燧石，示意哈努卡将散发着蜂蜜香味的浓厚烟雾吸进肺部。哈努卡咳嗽几下，又吸了一口，没多久，他只觉得琥珀色的蜂蜜流过嘴唇，落进灵魂的容器，如水波般滴淌扩散，逐渐充满他的整个存在。瘦麻杆再次抓住他的手臂，将它从他腹部上拉开，就像解开袍服的带子。

醒来时，哈努卡发现自己瘫软地坐在自己那匹马的背上，中腹部传来强烈的烧灼感，双臂搂着拯救他性命的男人的腰部，那男人正在用他听不懂的一种语言，和骑着斑点波斯马的非洲人吵架。太阳已经落在了东侧边缘与路平行的群山背后，这条路连接了阿塞拜疆与阿迪尔，怀抱哈扎尔海的东南部海滨。空气清新，充斥着乡愁和法兰克医生的难闻体味，哈努卡知道他能够活下去了。

“谢谢你。”他说，更确切地说是想说，但他喉咙干涩，嘴唇粘在了一起，发出的声音不足以打断非洲人和法兰克人之间的争吵。法兰克人用阿拉伯语说，“谢谢你找到我的马。”

非洲人扔下他正在怒气冲冲地向法兰克证明的什么论点，朝哈努卡转过他巨大的头颅，说：“这位朋友拿它充当救你一条命的酬劳，你对此有任何异议吗？而且我们还答应，在分开前，带你去有水和食物并能一路回家的地方。”

这个提议非常合情合理和值得接受，但非洲人的暴躁语气使得哈努卡不敢轻易答应。

“我不确定我的命有没有这么值钱，”他说，“但假如二位博学的绅士愿意接受这样的条件……”

“我才不稀罕你这匹老马呢，”法兰克人说，满是灰尘的黑色皮衣底下能清楚地看见他背部骨头的轮廓。“我要我的席勒尔。而你阿姆兰，别再说什么只是一匹马而已，因为历史、境况和我已经无数次地推翻了你的这个观点。”

“搜捕队领先咱们两天，”非洲人说，“他们全副武装，所前往的王国和我们没有任何关系，我们在那里也没有朋友。除了你那难看的阿拉伯混血甜心——感谢这位好心哈扎尔人的慷慨，你已经得到了合适的替代物——我看不出追赶那个孩子到底能给咱们带来什么好处。”

“我们的钱，”法兰克人说，“我们的钱还在他身上呢。”

“恐怕不在了，”哈努卡说，“我和其他人拔剑的那群杂种瓜分了那笔钱，孩子答应安全返回阿迪尔后，会给他们更多的钱，假如能扶持他的家族重新登上伯克的三脚座，还会得到更加丰厚的酬劳。他有个叫阿勒普的哥哥，篡权者把他卖给了罗斯人当奴隶，年轻人除了自己的一袋金币——哦不，你们的一袋金币——还预支了他的感激。”

“你们的国王坐在三脚座上统治伟大的哈扎尔之地？”

“伯克不是国王。”哈努卡开始解释，在尘世间的所有人类文明之中，独有睿智的哈扎尔人找到了同时侍奉两个主人的办法——既对全国百姓有利，又不至于过度毒害他们的灵魂——伯克管理的是日复一日的人间俗事，权力覆盖阿迪尔的大街小巷、战争与商业的粗俗领域；在他之上，也在所有哈扎尔人民之上的，是他们及他们利益的化身，代替人民，向神和天使交涉——伟大的可汗，他居住在阿迪尔河中央圣地上的宫殿里，他的言辞是法律，他的面容从未有人见过。

“可汗是全体臣民的父亲、母亲和爱人。绝不会有人举起哪怕一只手去反对他。”哈努卡说。“但伯克有许多敌人，布连的敌人更是多得异乎寻常。这些敌人很可能已经在物色人选与布连对抗了。我猜，那个叫菲拉克的孩子很容易就能找到资助者，赎回阿勒普。接下来，就是召集士兵了，我可以告诉你们，因为我亲眼看见过，这个年轻人对士兵很有一套。他说服我们中的三分之二背叛了雇主和另外三分之一，而我很不幸地就属于后者的行列。”

"因为你非常拥护布连的事业?"

"不,"哈努卡说,"我——我想我只是不喜欢改变计划而已。我这人在下决心方面比较迟钝。"

"脑子比较迟钝。"

"随你怎么说。但我决定参加这个该死的队伍也是出于一时兴起,结果已经摆在了你们眼前。"

法兰克人在马背上转身,盯着哈努卡看了很久,这时他们爬上了山口前的最后一段坡道。等他们来到坡顶,就将看见哈扎尔海或叫里海的第一抹微光。海水很凉,但再凉也赶不上法兰克查看哈努卡心口创伤时眼神的冰冷。

"我猜你这么做是为了女人,对不对?"法兰克人说。

"为了萨拉。"哈努卡答道。他说出了那个奴隶女孩的事情,为了赎买她的自由,他主动参加了布连的杀戮队伍。"实话实说,接下这个该死的活儿之前,我根本没听说过菲拉克的名字。从来没关注过王室族谱和政治。毫无疑问,这件事还有很多内情我永远也——"

他们拐过路上的一个转弯,哈努卡的老马忽然惊退,直立起来,向侧面跳了几步,冲进一片灌木丛,法兰克人险些没有拉住它。他们在马背上傻坐了一会儿,望着地上的尸体,尸体在路边整整齐齐地排成一排,就像帆布卷里的医用器具。奇萨、苏雷曼、胡坡、巴格赫……一共九个人，全都躺在那儿，被取走了武器和盔甲，蜡黄的面孔瞪着天空。菲拉克不见踪影，那袋金币也一样。

他们爬下马，巨人拔出斧头。路的一侧是岩石峭壁，另一侧是通向山口的缓坡。棕褐色的山坡上没有树木，无法隐藏哪怕一个人的身影。他们一直等到黄昏时分，见到蝙蝠开始盘旋，他们牵着马来到坡顶附近，拴好马之后，蹑手蹑脚地走到能望见坡顶另一侧的地方。底下的地势像牛角一样逐渐张开，陡峭的山坡朝着远处的大海绵延伸展，涟漪般的一级级台地被分隔成棋盘状的葡萄园。山腰处聚集着许多马匹，它们正在啃食青草。哈努卡的视线越过马匹，看见了道路右侧有一些镶着绿色条纹的白色尖顶帐篷，它们属于艾尔西亚人，精英级的穆斯林雇佣军，父辈在两个世纪前从波斯来到哈扎尔汗国，在雇主皈依犹太教之前，就已是历代国王的忠仆了。哈努卡听见笑声和鲁特琴的叮咚乐声，闻到了烧谷粒和烤洋葱的香味。

“唔，看上去咱们的小伙子撞上了一支军队，”非洲人摇着头说，“这下子他就更加不妙了。”

CHAPTER

V

叙述马贼如何谨守第四诫[1]

1 第四诫，即当纪念安息日，守为圣日。《圣经》记载的上帝借由以色列先知和众部族首领摩西向以色列民族颁布的十条规定，称为“十诫”。

夜幕降临，风跨过海面吹来。风来自哈扎尔海另一侧的土地，来自北方的辽阔大草原，来自森林和冰雪覆盖的王国，在阿姆兰的想象中，那里栖息着的是巫婆、雪精灵和骑着黑熊或巨鹿的女战士。海风中只有冰雪、风暴和黑暗将近的预兆。阿姆兰跪在陌生山岭的北坡上。他远离故乡，裹紧了肩膀上的羊毛斗篷，深信自己将在某个寒冬王国告别人世，身边围绕着的会是一群冷漠的人。这时，风就像听见了他的哀伤心声，怜悯之下，将士兵在山谷荒地中用骆驼粪生的篝火的刺鼻气味送进他的鼻孔，同时还带来了宣礼员的喊叫声，他在呼唤鞍马劳顿的伙伴完成迟到的主麻日聚礼。阿姆兰吃惊地发现今天是礼拜五。这个消息奇异地触动了他，他悄无声息地爬回泽立克曼和哈努卡躲藏的山岩褶皱中。泽立克曼遵从与蔑视戒律的程度都差不多，在他的带领下，含的后代、闪的后代和雅弗的后代垂首向安息日新娘致敬。宣礼过后，他们骑马下山，迎着寒冬和海风，前去夺回泽立克曼的坐骑。

阿姆兰离开他居住的村庄是为了追寻被抢走的女儿，但出发后没多久就成了一名雇佣马贼。从那以后，他一直在断断续续地从事这个行当，尤其是为君士坦丁堡军队效力的那十年里，在目光短浅的皇帝、爱财如命的军需官的命令下，在边境卫队多年来的习俗驱使下，他盗抢的对象不但有马匹，还包括牛、绵羊、山羊、家禽、稻谷、奶酪、燃料、兽皮、羊毛和毛皮。只有女人除外。阿姆兰向来拒绝遵守这个习俗，不但自己不抢女人，只要他有指挥权，就不允许手下做这种事。

阿姆兰估计席勒尔应该已经习惯了被抢来抢去，这对搭档劫了大马士革郊外的一间旅社，席勒尔就是当时的战利品，那家旅社的老板本人就是失窃马匹的销赃人，在两人的一场表演后企图赖账。

祷告过后，他们开始吃晚饭，食物是残余的口粮和最后几块全是筋骨的山羊肉。哈努卡为他们感谢上帝，唱起哈扎尔人的圣歌，声音嘶哑，阿姆兰觉得很哀伤。等待夜色变深的时候，阿姆兰取出棋盘，横扫泽立克曼和哈努卡一人两次。然后他们又偷偷摸摸地爬回了山口最高处。

泽立克曼尝试说服哈努卡退出，因为他毕竟受过重伤，但哈努卡不肯听，坚称他对泽立克曼感激得无以复加，因为泽立克曼把伤口缝得那么结实，涂的药膏又是那么有效，若是真的需要，他可以肚皮贴地爬进艾尔西亚人的营地。假如今晚他们没能成功夺回勇敢忠烈的席勒尔，只要泽立克曼想回家，他可以骑在哈努卡的背上，一路去往法兰克或撒克逊甚至太阳入夜后安歇的卧房。

“当心你说的话，”阿姆兰劝告他，“五年前他治好了我脖子上的剑伤，从此我驮着他一直就没放下过。”

他们摸黑下山，走向马群。阿姆兰数了数，一百一十头喂得膘肥体壮的牲畜聚集在帐篷以东的草地上，在夜色中，是一片不停移动的暗影。它们缓缓走动，咔嚓咔嚓啃食枯干的雀麦，两名士兵守卫马群，他们沾满灰尘的长外套从前襟中央左右分开，左侧袖管上绣着《先知书》中的警句。两个哨兵封住了从南方通往营地的道路，营地的北面和西面都有卫兵把守，都是鹰隼面孔的精悍瘦削男人，装备良好，秩序井然；趁着白昼的最后一缕阳光，阿姆兰仔细观察过他们，觉得他们不怎么关心此刻的任务，似乎存在一些不满，就好像他们还有更重要的事情去做，觉得在此处不可能遇到任何麻烦或敌人，也没有什么事情让他们烦恼。他怀疑有可能是因为对懒散的厌恶：他们巡逻的边境线享受了太久的和平，哈扎尔人和哈里发的军队最后一次作战，已经是一百多年前了。假如他们崇尚武勇，那就多半不喜欢驻守在这里，肯定希望自己能够身处于遥远的克里米亚，参加炽烈的战斗，追求丰厚的奖赏。根据哈努卡所说，新任伯克的军队正在那里重新征服名城费奥多西亚和多罗斯，将它们再次纳入烛台旗帜[1]的统治范围。

劫掠马群或牛群时，最简单的一个环节永远是解决守卫者；他们是否满足于现状并不重要。换了以前，阿姆兰会从左侧摸近哨兵，瞄准颈静脉刺上一刀或两刀，看着他们软绵绵地跪倒在地。然而诚如泽立克曼所说，假如你抹脖子的动作不够快，哨兵往往会叫出声来，惊醒他们的同伴；有时候你一不小心把脑袋整个砍了下来，要是你不够手疾眼快，脑袋落在地上就会发出一声闷响，反而出卖你的行踪。杀死守卫，还有可能引来报复。阿姆兰明白其中的得失，因此放手让泽立克曼按照他的方式去下手。

---

1 哈扎尔人信奉犹太教，所以旗帜上是金色背景的蓝色烛台，七灯烛台是犹太教的重要象征。

像盲人绕过深坑那样，他们穿过漆黑的夜晚，从一段露头岩层摸索着走到另一段岩层，尽可能遵守阿姆兰挑选的弧线路径：先向东走二十杆，然后顺着弧线向西绕回来，从卫兵的左侧摸上去，就算卫兵有机会拔剑也会慢他们半拍。哈努卡和阿姆兰背靠着一块能遮挡身形的石头默默等待，泽立克曼猫着腰兜圈摸向两名哨兵，他们相距四十英尺背向而站，正在争论巴巴里马的优劣。月亮已经升起，阿姆兰和哈努卡借着黯淡的冰冷月光目送泽立克曼悄然前进。他修长而瘦削的两条腿毫无优雅可言，只有猫捉老鼠的那种专注，猎食者令人恐惧的隐忍。他从离他们比较近的哨兵背后冒出来，用戴着皮手套的手捂住哨兵的脸，另一条胳膊抱住哨兵。片刻之后，他把那个男人轻轻地放在地上。泽立克曼偶尔会向阿姆兰说起他的母亲，往往是一段床头的记忆，不是她安慰发烧或做噩梦的他，就是用她祖辈的柔和拉丁方言唱摇篮曲，每当泽立克曼麻醉了一名卫兵或看守，扶着对方慢慢地躺在地上时，阿姆兰总会在他身上看到那个不知名的犹太女人。泽立克曼的药膏和敷料口袋里有一大包迷药，一片纸莎草的叶子裹着莨菪、颠茄和曼陀罗草混合的药饼，用特别配置的硫酸盐液体溶解后倒在纱布上，捂住一个人的口鼻就能让他立刻进入深度睡眠。哈努卡躲在石块背后，敬佩地瞪大了眼睛，望着泽立克曼放倒第二名哨兵，然后扶着他在同伴身旁躺下。

他们穿过草地，跑向泽立克曼和马群，动作比先前迅速得多，阿姆兰能听见不远处帐篷里士兵的鼾声。一只深秋的蟋蟀哀怨地唧唧鸣叫。星辰朝着冬天旋转而去，微弱的光线足以让他们看清部分马鞭柄上的反光。阿姆兰能闻到马身上的泥土气味和马呼出的酸甜气味。他拔出皮靴里的阿拉伯匕首，顺着马腿向前走，切断将它们拴在一起的皮绳。马匹开始互相打探，彼此传递消息和疑问，阿姆兰能感觉到某种紧迫感正在逐渐抬升。用不了多久，它们的焦躁就会足以引起其他哨兵的警觉或吵醒附近帐篷里打鼾的士兵。阿姆兰寄希望于马群的骚动，依赖于马匹之间会传播惊慌的本性，但惊慌绝对不能在错误的花园里开花结果。他直起腰，在周围不满和惶恐的肌肉河流中寻找泽立克曼，他刚看见席勒尔那张倨傲的长脸和滑稽的眼睛，泽立克曼也发现了它，一抬腿跳上马背。

阿姆兰爬上离他最近的一匹马，用双膝夹紧热烘烘的马肚子。憧憧黑影和尘土气味一时间慑服了他，胯下的马不肯动弹，他用吉兹语对马说了几个单词，根据他的族人所说，吉兹语是人类的母语，其声音对马匹永远有着镇静的效果。他对周围的马匹说话，它们跟上了他胯下的那匹马。阿姆兰并拢双膝，对马说它有多么美丽和他有多么爱它，马加快速度，其余的马匹紧随其后。他能听见它们粗重的喘息声和从帐篷中传来的喊声，营地另一侧的哨兵也叫了起来。奔腾的马群散开，冲向帐篷和艾尔西亚人挖沟生的篝火。按照他常年的习惯和形势的需要，待到时机成熟，他应该悄然离开，让马群突破营地，肆意践踏帐篷系索和士兵，自己回到山坡顶端与泽立克曼会合。

但就在这个时刻，自从望着海风从北方吹来那一刻就开始在胸中积蓄的抑郁征服了他，内心深处女儿的面孔与哈扎尔王子的面孔混成一团，年轻人落在这群士兵手中，最终必然会被交给他们的指挥者：篡位者布连。阿姆兰知道，这个世界的使命就是生产和消耗孤儿，父性的爱不过是会被付之一炬的残渣。缺位多年以后在此刻忽然出现的情绪是慈悲，因为年轻人说到底只是又一个没爹没妈的孩子而已，对阿姆兰来说，这是个象征，让他痛苦地想起了自己以应有的方式度过生命的能力正在日益消亡。慈悲是缺陷，是一种错误的状态，对孩童来说，更是可怕的浪费时间。

阿姆兰稳住身体，低下头，他没有马镫也没有缰绳，只能抓住一把粗糙的鬃毛。他的周围立刻变成了呼喊的人群、闪亮的长剑和马匹的嘶鸣，帐篷纷纷倒塌，扑腾着像蝙蝠似的飞向天空。他立刻看清了自己的心血来潮有多么愚蠢。月光过于黯淡。他在这片混乱中永远也找不到那个孩子了。

隔着双膝间的虬结肌肉、骨头和汗水，他感觉到搏动着的巨大心脏猛然扭转和颤抖，关节折断的声音随即传来。他越过马头飞了出去，在半空中松开了硬邦邦的鬃毛，他的体型过于庞大，向前飞出去的势头异常迅猛，拖着马盖在了自己身上。人和马滚成一团，感觉就像雷电逆转，他的嗓子眼泛起血腥味，一只马蹄像铁锤般不偏不倚地落在他胸口上。他模糊记得有几只手抓住他的胳膊，拽着他站起身，然后就有很长一段时间什么也感觉不到和听不到了。

等他睁开眼睛，发现双臂和两腿都被捆得结结实实的，他听见马匹受惊的纷乱声音和一柄细剑划破空气的嗖嗖声响，阿姆兰立刻知道泽立克曼来了。他躺在一顶散发着霉味的帐篷里，火光在帐篷壁上舞动，黑影像演皮影戏似的时大时小、时高时低。菲拉克侧着身子躺在他旁边，胳膊被捆在一起，嘴里塞着破布。阿姆兰的嘴里没有塞东西。

“他们听够了你的胡搅蛮缠？”他说。

菲拉克点点头。

"他们伤害你了吗?"

菲拉克摇摇头。

"他们知道你是谁吗?"

菲拉克考虑片刻，正要摇头，但想了想，最后只是无可无不可地耸耸肩。

"小子，听见那个声音了吗?"阿姆兰说。"那是泽立克曼。他以为他能救我。一个瘦皮猴犹太人拿着一根针。你觉得他能做到吗?"

菲拉克摇摇头。

"唉，你说得对。他真是个大傻瓜，居然想来救我，我也是个大傻瓜，因为我居然想救你。就该把你留给你可悲的执念去摆布。"

泽立克曼那柄剑的嗖嗖声响和铿锵碰撞声陡然停顿，一名首领喊叫着下令。然后是寂静。片刻之后，有人掀开了帐篷。哈努卡踉踉跄跄地进来，像是被人在背后推了一把，四仰八叉地摔倒在地。他趴在地上啜泣，肩膀起伏不定，阿姆兰竖起耳朵去听帐篷另一侧上演的皮影戏，这样就不必向哈扎尔人询问他的朋友是死是活了。

CHAPTER

VI

叙述北地人怪异的商业习性

雷根斯堡一位最杰出的医师兼拉比曾经在他对《撒母耳记》的评点（这部作品现已佚失，只能在“虔诚者”犹大拉比的释疑解答中读到一些节录）中写到，除了《妥拉》，唯一值得研究的课题就是拯救人的性命的学问。以他祖父提出的这条教义为标准，泽立克曼认为他的老相识里有两位了不起的大家，其中之一是一匹马。

他步步后退，手持柳叶刀佯攻、突刺，包围他的艾尔西亚人已经清醒，但并没有放开手脚，他们每一个人都准备好了证明自己还在做梦，因为眼前有个身披月光的憔悴幽灵在朝他们挥舞一根长得夸张的放血针。泽立克曼用后脚的鞋跟探路，穿过断线帐篷的诡谲迷宫和横冲直撞的马群，忽然感觉到肩膀上狠狠地挨了一下。他连忙转身，发现自己被咬了一口，咬他的是山地野马和阿拉伯母马的杂交后代（后者的血统能够一直追溯回五大纯血，也就是先知马厩中的五匹母马），咬他无疑是在责备他的愚蠢，他竟然企图从一支全副武装的骑兵队伍手中单枪匹马地搭救阿姆兰。

泽立克曼搂住席勒尔的脖子，朝士兵们点点头，用阿比西尼亚搭档能够与马沟通的母语嘟囔了几个字，催促席勒尔冲过两个正在扑向他的长矛壮汉之间的狭窄缝隙。他的姿势毫无仪态可言，牙齿和舌头在他完成飞奔上马的困难动作时碰撞出了剧烈的疼痛。在旁观者看来——谢天谢地，他们在黑暗中的偏僻山坡上的次数甚少——他不像是在努力爬上席勒尔的马鞍，更像是在对它的脖子做一些肮脏的暴行。

马夫忙着聚拢散开的马群，士兵很快爬上马背，开始追赶带着泽立克曼向南上坡而去的席勒尔。尽管哈扎尔骏马和席勒尔一样强壮和稳当，专为乱石嶙峋的陡峭山坡而培育，心脏、肺部和后背非常结实，马蹄硬得甚至不需要打马蹄铁，但它们欠缺速度和席勒尔那一言难尽的阿拉伯脾性：介乎邪恶和激越之间的魔性智慧。等他来到山口，已经远远地甩开了追击者。席勒尔自己找路，下坡来到紫衣贵族和哈努卡的拉车老马藏匿的岩褶之中。泽立克曼慢慢地吸了一口气，自从他看见阿姆兰骑着没有鞍的那匹马冲向营地中央，这似乎是他第一次呼吸。他吐出浊气，泪水涌了上来。他默默哭泣，像个羞愧难当、自怨自艾的男人。追击者顺着山路下来，除了乱糟糟的轰然马蹄声，他还听见了皮甲和角质鳞片摩擦碰撞的声音。艾尔西亚人在破晓前折返，所有造物在这个时辰似乎都陷入沉寂，仿佛在抵抗流泪的冲动。泽立克曼能听见士兵肚子里的咕咕声、眼皮摩擦的吱吱声和胸中因失败而起的空洞响声。

他继续等待，直到看见一只小蜥蜴钻出岩石上的裂隙，爬向花岗岩上细长的一条阳光。他骑着席勒尔再次爬上山坡，来到山谷中曾经的宿营地，马匹被聚拢起来后装上鞍座，队伍沿着路向北而去。泽立克曼跟着他们的足迹向北走了五里格多，道路在一块贫瘠的空地分岔，另一条路向东北通往里海的岸边。路边有一小堆石块，在过去的某个时刻敬献给庇护十字路口的古代神祇。哈努卡曾经告诉他们，继续向北走就会抵达阿迪尔，哈扎尔汗国的都城位于一条河流的河口处，这条河同样名叫阿迪尔河，不过也有人称之为伏尔加河。不久前留下的马粪和马蹄印落在向东北而去的路上，艾尔西亚人的目的地是里海岸边。

他跟着他们向东走了两天，滂沱大雨下个不停，他蹚过泛洪的河沟，走过烂泥飞溅的土地。艾尔西亚人一路急行军，只作短暂的休息，不生火。痛苦地跟着奔波一天之后，泽立克曼明白了他们为何如此疯狂：他们赶路，是为了拯救一个他们担心已经陷落的政权或城市。第三天接近黎明的时候，他闻到了第一股海水的气味，于是缩短了他和穆斯林骑兵的距离，直到能够看清他们编在黑色长辫里的金色皮绳和绑腿上星星点点的烂泥。他爬上一段坡道，闻到了烟味，半次呼吸的时间过后，他看见了滚滚涌起的黑烟，油腻的浓烈气味与曾经笼罩阿塞拜疆那座堡垒的气味如出一辙。这是焚烧动物的气味。

席勒尔轻轻嘶鸣，向侧面跨出几步，泽立克曼温柔地嘲笑它的怯懦。他跳下马鞍，蹑手蹑脚地爬到坡顶，拿出波斯魔镜，望向一座城市的废墟。这座城市建有城墙，坐落于宽阔的河口旁，平屋顶的房屋、伊斯兰尖塔和壮观的白色清真寺将其物质存在以黑烟和灰烬的形式送向天空。隔着木城门，他看见男人、女人和动物排成长绳般打结缠绕的队伍，城民放弃了他们的生命。

岸边，正在燃烧的船只缓缓解体，变成被熏黑的木块，独桅帆船的风帆纷纷蹿起火苗。龙首巨船在远离浅滩的海面上逡巡，望着城市遭受劫掠。金发北地人身穿粗俗的红色短衫，驾着宽体驳船驶向巨船。驳船上装满了织物、大桶、小桶、麻袋和缩成一团的女人，他们把战利品交给甲板上的同伴，然后撑船驶向码头，去装更多的货物。红衫男人在街道上横冲直撞，其中十几个爬上了清真寺的拱顶和尖塔，用撬棍撬下黄金镶板。他们动作飞快，没有像平时那样按照盗贼复杂的邪教仪式把战利品堆在岸边，多半是因为某个没有被强奸和抢劫冲昏头的瞭望员偶尔从四分五裂的城墙上望下去，结果看见了一支骑兵正在向城门发动冲锋。

那些城门附近骚动了起来，身穿红色短衫的男人把幸存者赶出城市，用肩膀顶住橡木门梁，将生者与死者、劫掠者与被劫掠者分开，争取他们需要的时间，希望能够侥幸逃生。泽立克曼亲眼见过北地人的劫掠行径，这条海岸线上的居民称他们为“罗斯人”，阿姆兰补充了一些他未曾目睹的事实，阿姆兰曾经和那些金发巨人一起为帝国军队效力。他们勇敢得近乎疯狂，像傻瓜似的渴望战斗，但和全世界的所有凡人一样，他们是口舌之欲和对财宝之爱的奴隶，等到甲板上堆满了黄金、新鲜肉食和成桶的格鲁吉亚葡萄酒，北地人必定会选择有利可图的撤退，而不是在战斗中追求可疑的荣光。

艾尔西亚人纵马前去解救城市，先锋队伍中了罗斯人的圈套，和成群结队带着细软和家畜的逃跑百姓纠缠在了一起。等先锋队伍前冲后突、拳打脚踢，用剑柄驱散民众，大部队已经赶了上来。泽立克曼用波斯魔镜，在突进的骑兵队伍中看见了阿姆兰和年轻人，两人同骑一匹马，阿姆兰僵硬的姿态说明他多半被捆住了双手，他们旁边是哈努卡，他没精打采地坐在一个光秃秃的马屁股上。指挥官迟疑片刻，立刻下达命令，泽立克曼听见了哀悼和祈祷，半数骑兵分为两股，一左一右绕过城墙扑向河口。此刻只剩一艘驳船载着最后一批战利品还在驶向龙首巨船，十几个红衫男人以整齐的节奏疯狂划船。另一半黑甲艾尔西亚骑兵下马，向上了门闩的城门发动冲锋。虽然泽立克曼在坡顶看得一清二楚，但他们不知道罗斯人早就放弃了对这座城市的征服，或者更确切地说，他们已经完成了征服的目标。

士兵开始攀登城门两侧的塔楼，但脚趾在石块间找不到借力之处，他们用长绳做成挽具，拴住左侧门扇上的铁环，驱策六匹马合力向前拉。结果同样是徒劳无功，士兵开始捡柴火，堆在城门底下。这时候，阿姆兰跳下马来，伸出手臂，有人割断了绳索。他抓住依然绑着城门和马匹的长绳，拍了一巴掌最高大的一匹马的屁股，自己也加入拉城门的队伍。泽立克曼能听见长绳的呻吟声和橡木变形时发出的低沉声音，片刻之后，响起的震天脆响，仿佛挥舞巨鞭时打出的声音。城门倒下了，骑兵欢呼着冲进城市，但他们来得太晚，已经无力回天。最后一群北地人带着战利品，爬上还没有扬帆远去的唯一一艘巨船，而第一批艾尔西亚骑兵刚冲上火焰四起的码头。在马匹和盔甲的重压下，码头骤然坍塌，壮观的蒸汽和火花如云团般升腾而起。

泽立克曼将魔镜放回鹿皮口袋里，召唤席勒尔过来，策马下坡，跑向城市。艾尔西亚人只在月光下见过他，而且他还压低了帽子，斗篷在背后飞舞。即便先前的环境促使他们将他视为敌人（那是士兵的习惯，也因为他确实偷走了他们的一匹马，尽管这匹马是他们从另一帮人手上抢来的，而那帮人从泽立克曼手上抢走了这匹马，当然这匹马本身也是泽立克曼从一个盗贼手上抢来的），艾尔西亚人现在肯定需要他，因为他有能够救命的药膏，也因为他愿意屈尊从事外科医师这个贱职。

在他遇到的第一群逃亡百姓中，他见到了几十个被烧伤、刺伤和骨折、残废、伤口血如泉涌的患者。一个白皮肤的理发师奇迹般降临的消息，很快传到河口又折返回来，因此，从下马处到城门那短短的七杆距离，用掉了白天剩下的全部时间、他的大部分药膏和身边所有的上等布料。

进城的时候，他浑身血污，饥肠辘辘，肚子里空空如也，因为他白天呕吐了两次，有些异常糟糕的伤口散发出可怖的气味、烟雾，熏得他两眼生疼，婴儿的哭嚎声依然在耳畔回响。他坐在马背上，对噼啪作响的火焰、空无一物的门阶、房屋正面的窟窿、食腐的鸟类、望着他经过的士兵统统视而不见，听凭席勒尔搜寻阿姆兰，选择能将他带到阿姆兰面前的大街或小巷。他们钻进一条隘路，两边的豪宅彼此靠拢，在高处聚集得只留下一丝冰冷的昏暗暮色。没有打蹄铁的马蹄，落在铺路石上，发出的声音仿佛铁锤敲打骨头。他们忽然来到了一个宽阔的广场上，这里空旷得像是拉文纳的露天市场，遭到劫掠的清真寺出现在眼前，它的一座尖塔被浓烟熏黑，摇摇欲坠就像燃尽的树枝，而阿姆兰就坐在清真寺的台阶上，胳膊搂着菲拉克瘦弱的肩膀，哈努卡蜷缩着身体在他脚下打鼾，他脸上的笑容属于一个永远不会吃惊的赌棍。

阿姆兰站起身，稍微有点摇晃。他脸上是一道道的烟尘，头发和头皮上也落满了烟尘，眼睛被熏成了红色。他走下清真寺的台阶，龇牙咧嘴的样子，像是后背或大腿不太舒服，他和泽立克曼紧紧地拥抱在一起。清真寺里传来人们祈祷的杂乱声音。阿姆兰散发着油脂燃烧、烟雾和辛苦劳作一日的臭味，但底下还有一股仿佛阳光落在砂岩上的熟悉气味。祈祷的声音在泽立克曼心中激起了感谢的回响。

“和平时一样晚嘛。”阿姆兰说。

CHAPTER

VII

叙述如何把握不利的时机

哈努卡被一些更恶劣的人踢醒过，其中包括他的亲生父亲，因此他嘟囔着连声咒骂，紧闭双眼，继续让美梦那涂蜜的小手爱抚他的大腿根，咒骂只追溯到了非洲人的曾祖母，内容局限于让她被长疥疮的佩切涅格公马轮番使用，偶尔还请巴巴里骆驼进来插一脚。哈努卡真正怨恨的，是清醒本身和迫使他激愤的感官不得不去认可的这个世界。哈努卡服役时的帝国处于和平时期，因此他只处理与目睹过小规模的死亡事件。今日所见屠戮的尺度让他震惊，异国入侵者尽情砍杀他这样的哈扎尔男女——诺亚之子、雅弗之子、歌篾之子、陀迦玛之子、哈扎尔的子孙：他们是所谓的“毡帐百姓”，用牛粪生火，敬拜澄净蓝天的唯一神祇，无论这个神被称为腾格里、耶和华还是安拉。更让他惊骇的，是对一个走散了的罗斯人的无谓屠杀，那是个浑浑噩噩的哑巴，因为某种热病而浑身颤抖，脸色苍白得像鱼肚皮，被艾尔西亚人从藏身之处拖出来当街开膛，血流得像被割破的酒囊。目睹这一幕之后，哈努卡在清真寺的台阶上蜷起身体，躲进睡眠和梦境，梦里有萨拉，有焚烧檀香的微弱香味，她把他的脑袋放在大腿上，而此刻阿姆兰像撑船铁钩似的脚趾正在将他踢出这个美梦。

哈努卡坐起身，睁开眼睛，在烟雾、尘旋风和如雪花般撒落的灰烬中见到了一个憔悴的浴血身影，这个人站在那里昏昏欲睡、摇摇欲坠，血污板结的黑斗篷拖在背后，无数苍蝇发疯般地围着他打转。

见到救了他性命的法兰克人，哈努卡觉得心里有什么东西膨胀了起来，就像让鲟鱼在幽深的哈扎尔海里保持浮力而上下浮动的鱼鳔。一个人有可能受到超乎他想象的伤害，但也有可能修整如新。希望是一剂强力兴奋药，它的余味还在喉咙口灼烧，哈努卡一时间只能呆站在那儿，啊啊叫得像一头傻鹅。他用脏兮兮的袖口擦了擦脸，三步并作两步跑到泽立克曼身旁。

“坐下，”他说，“快坐下。”

他扶着法兰克人在台阶上坐下，帮他脱掉皮靴，从附近的水窖取来清水。他用钢盔舀出一部分水，混合葡萄酒后，递给泽立克曼。他用剩下的水，洗掉泽立克曼手上和脸上的血污，然后给他洗脚。从主动自我贬低的温顺行为之中，从取水、蘸水和拧干湿布的往复循环之中，从法兰克人苍白的双脚到柔软得令人惊讶的脚踝，哈努卡找到了一种安慰灵魂的方法，很快就恢复了精神。他在清真寺背后，找到一条连罗斯人都懒得劫掠的荒僻小路，住在一个地窖里的两个没牙老姐妹，以近乎敲诈的价钱卖给他冰凉的麦片粥、小扁豆、薄荷、一袋苹果和一截吃剩下的羊肉香肠。他把食物交给泽立克曼，泽立克曼吃饱喝足，躺下休息，用希腊语还是拉丁语和非洲人交谈。

他们的对话主题似乎是菲拉克。菲拉克瘫坐在清真寺的台阶上，下巴埋在手掌里，眼泪和灰烬抹花了脸。自从艾尔西亚雇佣兵允许囚徒自由行动以来，年轻人一连数个小时几乎一动不动，在哈努卡看来，缄默的时间漫长得异乎寻常。弄脏的脸蛋和瞪视的双眼，让他显得更年少了，像是一个疲倦得无法入睡的饥饿少年。艾尔西亚人拖着沉重的步伐走出清真寺，走下他周围的台阶，铠甲铿锵碰撞，步伐游移不定，因为到了时间或重负在肩而垂下脑袋。今晚，面对遥远的麦加高声念诵经文，他们也无法解除痛苦，他们未能保护好穆斯林的这座城池，让北地人轻而易举地毁灭了它。他们在广场上乱逛，心情沮丧，漫无目标。他们的指挥官死了，在码头垮塌时溺水而亡了。活下来的几位队长无法达成一致意见：是应该追击和惩罚罗斯人，还是返回阿迪尔、面对伯克有可能严重至死刑的处罚，因为他们违反了他不得干预或骚扰北地人对滨海百姓实施“贸易行动”的直接命令。伴随这道命令而来的，还有一些传闻，据说，这些野心勃勃的北地人支持了新任伯克的政变；然而，命令毕竟是命令。艾尔西亚人，和所有的精英雇佣兵一样，最受尊崇的优点并不是战斗能力、驭马技法和令人恐惧的名声，而是坚贞无瑕的忠诚，但此刻，他们却逐渐意识到了一个事实：比兵变更加不值得原谅的行为只有一个，那就是失败的兵变。

“他们会向南走，去杰尔宾特，”第一位队长说。他脸色红润，身材瘦削，十几道伤口还在渗血。杰尔宾特是海岸线上的下一座穆斯林大城。“我们必须去那里截击他们。”

另一位队长，身材矮壮，无精打采，指出他们不太可能及时赶到杰尔宾特，也没有足够的武力去阻止北地人，因为后者占了呼啸北风的优势。他的结束语是一段不怎么讨人喜欢的评论，认为脸色红润的队长居然会提出如此毫无意义的看法，可见智慧方面肯定有一些问题。他们的同伴好不容易拉开两位队长，但不足以阻止你来我往的言语侮辱，场面很快就发展成了混战。在殴斗的过程中，瘦削队长撞在了矮壮队长的剑尖上，让今天可怖的伤亡人数又多了一个，他的体液也汇入了涂满广场地面那滑溜溜、臭烘烘的血浆泥泞之中。

一名骑士的呼哨声劈裂空气，士兵们放下由哀痛而起的暴虐，转身听着那位骑兵的训话。他没有参与混战，这个瘦长结实的罗圈腿老兵，和阿姆兰一样头发灰白，在军衔和武勇方面并不出众，但因为铁石心肠、见缝插针和常年走运，而比其他同侪活得更久，所以在私下里，他被视为隐形的队长。老兵唤起所有同伴的注意，他用悔恨的语气耐心解释。哈努卡压低声音，翻译成阿拉伯语说给阿姆兰和泽立克曼听：老兵说，他们应该解散这支队伍，每个人拿一份清水、一份口粮和一匹马，各自投向野风和崇山峻岭，就像水银滴落在皱巴巴的地毯上。哈努卡觉得这个建议很有道理，但最终还是压倒性地败给了羞愧和耻辱，好几个艾尔西亚人无法反驳老兵的智慧，坐在清真寺的阴影中哭泣。

骑兵哭泣的景象似乎刺激了菲拉克。他站起身，厌恶地皱起鼻子，双手攥成拳头，呼喊众人听他说话。他用尖细的声音怒斥士兵，激烈的言语让最坚毅的骑手涨红了脸，刚才还在哀哭的那些人沉默下来。年轻人喊出一个特别下流的保加利亚代称词，有一两个人觍着脸、吃吃窃笑。

“他说什么？”泽立克曼问哈努卡。

“他说，”哈努卡压低声音答道，“他有个提议，但他要说给没有丧失男子汉气概的勇士听，而不是一群哭哭啼啼的老太婆。北地人都不需要浪费精力割他们的卵蛋，因为眼看他们自己就在完成这个使命。”

“什么提议？”

“我猜一个星期前我已经尝过了这道大菜，”哈努卡说，“当时我和我的同伴们围坐在篝火前。”

然而，此刻在一群士兵的注视下，菲拉克似乎失去了勇气和送出羞辱的能力，他有些动摇，眨着眼吞口水，像是忘记了接下来的台词。阿姆兰望向哈努卡，然后揉着下巴打量那群军人，他们站在广场上，低头望着各自染血的半高筒靴，就像等待鞭笞的农场劳工。阿姆兰用一种西方语言，向泽立克曼提出一个严肃的问题，似乎是在询问搭档是否准备好了参与某件艰苦卓绝的事情，其收益远远比不上它的现实可行性。泽立克曼的面容首先表达了强烈的保留态度，随后是彻底的毫无兴趣。阿姆兰走向菲拉克，在他的右后方站住。

“继续说，”阿姆兰用还算过得去的哈扎尔语说，轻轻地推了一下菲拉克，“来吧。”

菲拉克退了回来，表情夹杂着惊异和困惑、不情愿和渴望，还有一瞬间的童稚。

“行不通的。”他说。

“很可能，”阿姆兰赞同道，“确实是个烂主意，但其他人似乎也没有更好的点子。”

菲拉克点点头，走到台阶最顶上。他用手背擦了擦额头，俯视底下一群疲惫的士兵，寻找能够唤醒他们的言辞。

“他们知道他是谁吗？”泽立克曼说。“知道他父亲是谁吗？”

“很快就会知道了。”哈努卡说。

于是菲拉克开始讲述他的故事，用属于宫殿和花园的语言讲得天花乱坠。他首先请他们回忆他父亲公正而温和的统治，向他们揭示，他就是先伯克最小的儿子。听到这里，士兵们交头接耳，一名士兵说菲拉克确实很像先伯克，这名士兵在阿迪尔庆祝住棚节[1]时曾经见过他。

---

1 犹太教三大节期之一，庆祝时间从每年秋季的希伯来历提斯利月15日（公历九月至十月间）开始，持续7天。

接下来，菲拉克提醒他们记住他父亲对穆斯林臣民向来展示出的仁慈和体贴，尤其是忠诚的艾尔西亚雇佣兵，菲拉克亲耳听到他父亲说过，他们是哈扎尔军队中最不可能向篡位者布连效忠的队伍。艾尔西亚人承认这一点不容否认，这些疲惫而沮丧的士兵大致猜到了年轻人即将说出什么提议，念头在他们之间传播，就像风吹过枯干的草丛。

“两周后我们就能赶到阿迪尔的城门口，”菲拉克说，“路上我们会经过先知的其他城镇，他们肯定知道罗斯人犯下的罪孽。等他们看见作为榜样的你们，看见你们如何忠于我父亲的家族，忠于尊重百姓财产和臣民信仰的那位伯克，他们也将聚集在我们的旗帜之下。等我们赶到都城，将会有几千人宣誓拥戴他真正的继承人：阿勒普，我优秀、睿智和虔诚的哥哥，英勇的斗士，他像狼一样守护我们的祖先，坚守对犹太人和被布连出卖给北地人的穆斯林一视同仁的律法。几千人！几万人！”

“几百人，至少，”老兵说，“搞不好也就几十个。”

为正义而冒险的烈风横扫广场，然而没过多久就开始消退。因为在多年行伍生涯中，这位隐形队长积淀下了怀疑一切的智慧。他娓娓而谈，说任何一名控制了金库和军队的国王在世人眼中都是合法的统治者，虽然没有人能够知晓上帝的心思，但要他说，万能的主历来明显倾向于认可大众的观点。假如罗斯人以同样的酷烈手法对待从这儿到阿迪尔之间的其他城镇，沿途灌输义旗的精神恐怕等于痴心妄想，更别说顺便招兵买马、扩充队伍了。他开始描述想象中等待哗变者的种种折磨，缺乏食物美酒和过去这一周带来的疲惫显然限制了他的想象，忽然间一翻白眼，脑袋向后仰去，像是没了骨头似的摔向地面，还好泽立克曼及时出手，否则他的脑袋肯定会被撞破。泽立克曼抓住他，扶着他慢慢躺下，顺手把一块山羊皮攥在拳头里，动作非常娴熟，哈努卡确定只有他看见了这一幕。

“上帝让这个人连同他胆怯的念头一起闭上了嘴，”阿姆兰用阿拉伯语说。这是艾尔西亚人的母语。“也许你们应该领会一下神灵的旨意是什么意思。”

众人对这句评论欢喜赞叹，他们大喊、呼哨、学着草原狼嚎叫，但忽然陷入了沉默，因为菲拉克挥舞着拳头高喊，“阿勒普！阿勒普！”

随即是一阵寂静，打破沉默的，只有风在被焚毁的房梁之间穿梭的嘶嘶声、一只乌鸦的哇哇嘲笑和某处海水拍击岩石的哗哗声。一个声音忽然响起，吓了哈努卡一小跳，这个声音用简明而精确的语言，将他那位传说中的哥哥比作一头母獂羊下体分泌的液体。

然后他说，“万一你那位阿勒普在我们看来只是个划船奴隶怎么办？”

“孩子，假如他有你一半的男子汉气概，几个星期前就该滔滔不绝地说得那群北地人拱手投降了！”另一名士兵说。

众人哈哈大笑。士兵们觉得稍微恢复了一些精神。焚毁城市的广场上，缺少了屋顶的清真寺里，成群结队的苍蝇和死亡的气味之间，渐渐地回荡起了“菲拉克！菲拉克”的叫声。他们呼喊的对象涨红了脸，颜色比落在西城门上的夕阳余晖还要深。年轻人跑下清真寺的台阶，钻进一条小巷，叫声这才慢慢平息下来。

CHAPTER

VIII

叙述哈扎尔绅士中鲜有的洞察力

他们纵马向北而去，穿过遍地腐肉和寡妇的城市，空余骨架和余烬的城市，北地人点起的大火仍在燃烧着的城市。刚开始，他们经过之处的男性幸存者纷纷加入战象兄弟会，这个名字是菲拉克起的，既打出了他自己的绰号，也在苦涩地纪念着他已故父亲倒下的旗帜，还有因其死亡为政权更迭埋下种子的那些动物。有些人骑着马加入了队伍，带着像样的武器；但大多数人光着脚，饿着肚子，武器是修枝镰刀、鱼叉或太祖父传下来的钝剑。向阿迪尔出发一周后，队伍急剧膨胀（按照泽立克曼的形容，就像罹患坏疽的一条腿），汇集了两三千名没毛小子、蹀躞老人和普通男子，他们被愤怒冲昏了头脑，因为寻求复仇而丧失了目标。皮革摩擦的吱嘎声，骡子的鼻息声，断断续续的跑调歌声，马蹄的得得声，光脚落地的啪嗒声，干草叉和长矛的叮当碰撞声。拥挤的营地里，阿姆兰觉得鼾声甚至震松了钉住夜幕的钉子。他们找到什么就吃什么，谷仓废墟里烧成炭的小麦，剩菜、树根和小鸟。可怖的狂风一天五次吹过他们，让他们像野草似的匍匐于地。

他们继续向北走，犹太教堂的数量渐渐超过了清真寺，城镇也没有了遭受罗斯人荼毒的征兆。罗斯人在这些地方只作短暂停留，心平气和地出售从北方运来的琥珀、毛皮、木料和蜂蜜。对南方海滨穆斯林城市的区别待遇，激怒了兄弟会，他们将其视为篡位者布连与北地人达成了魔鬼交易的证据。事实上，随着他们逐渐逼近都城，尽管菲拉克是一名犹太人，而都城位于哈扎尔汗国犹太区域的中心，但他发觉，同情他造反事业的人越来越少了，这里的百姓更看重罗斯人的能力和货物，不怎么在乎他们粗俗的举止。虽说北地人在南方为非作歹的消息也使得人们纷纷表达遗憾，但他们毕竟欠缺遭受劫掠的亲身体验，无法胜过华丽毛皮、甘美蜂蜜和波罗的海精致琥珀的直接观感；再说众所周知，南方佬历来喜欢抱怨，而且夸张成性。

“今年敬畏日期间，穆斯林在巴格达焚烧了犹太教的祈祷堂，处死胆敢不自认是伊斯兰教徒的所有人。”萨布宁的城首[1]这么说。萨布宁是哈扎尔汗国的一个犹太城镇，距离阿迪尔仅有四天的马程。城首带着几名留着漂亮唇髭的权贵骑马出城，背后有一支武装精良的小部队护送，表示愿意立刻向哗变者投降，无论他们有没有准备好接受，都愿意主动奉上一份不可谓不慷慨的补偿，希望五车叮当作响的金币能够让战象兄弟会放过萨布宁继续向前走。城首最后引用了一句在北方被公认为出自布连之口的狠话作为结语，而布连本人则将这份睿智归功于撒迦利亚可汗，他隐居在神圣岛屿上禁止外人入内的宫殿中：

“既然巴格达的哈里发允许他治下的犹太人被活活烧死，哈扎尔人的可汗若是不能保证他治下的穆斯林得到同等待遇，那恐怕就太不符合礼仪了。”

当晚，战象兄弟会在缴纳了赎金的城市以北宿营，他们宰割了五百头羊，享用新鲜苹果、蜂蜜和阿月浑子果的盛宴，这是城镇管理者的送别礼物。泽立克曼吃得不多，却吸了很久的烟膏，此刻坐在一旁望着篝火，偶尔偷瞄一眼菲拉克。法兰克人没有刮脸，新长出来的软毛显得乱蓬蓬的，脏兮兮的金发耷拉在脑门上。

1 城首（Babaghuq），哈扎尔汗国城镇的民选领导人，直译为“城市之父”，与君主委任的城镇行政首长（Tudun）地位相当。

“简直是发疯。”他最后说。

“同意。”哈努卡点了一下头，喝了一口萨布宁商人慷慨赠送的酸葡萄酒。他严肃地望着泽立克曼，压低声音说，“怎么了？”

“并不比咱们以前搞砸的其他事情更疯狂，”阿姆兰说，“甚至还差一点呢。对，我们的人数确实不够，假如去掉平民——”

“那是必须的。”

“而我也去掉了。但能打仗的男人素质都不错。”

“对，”哈努卡说，“这一点是真的，泽立克曼。他说得有道理。”

“而且他们有怒气，”阿姆兰继续道，“也没有被复仇的欲望蒙蔽视线，以至于看不清自己将拥有多么巨大的优势。假如他们能够在新伯克的统领下，有哈扎尔汗国的全部军队给他们撑腰，然后再去找可憎的罗斯人算账。更有甚者——”

“你的论证已经建立得很完整了。”泽立克曼干巴巴地说。

“我这也是有感而发，”阿姆兰说，“因为我注意到你正忙着建立一种窝囊呢。”

“更有甚者。”

“更有甚者，希望你没有把脑袋彻底塞进烟斗里，能够注意到布连在这里驻扎的卫戍部队是多么人手不足。防守力量只有平时的一半。我猜那家伙以为自己很聪明，开放南方任由罗斯人劫掠。将他们的注意力和长船引离克里米亚。忽然之间，克里米亚那些富饶的城市变得全无戒备，等待哈扎尔人前去重新征服。但这么一来，要我说，中部的兵力就稍微单薄了一些。”

“你说阿迪尔的防守力量只比平时稍微少一点，”泽立克曼说，“意思应该是想宽慰我对吧？但我反而更加担心布连这个人的奸诈了。咱们聚集起了这么一群人，我的朋友，此刻正在把他们领向一个屠夫。除了贪婪、宗教和其他虚妄的念头，我看不出其中究竟有什么理由。”

“还有复仇。”菲拉克静静地说。

“那是最大的虚妄。”泽立克曼说，没有去看年轻人。“我厌恶的是军队，阿姆兰。我不想和士兵、军队、上下级扯上任何关系。世间全部的恶都来自人们作为群体的彼此对抗。”

他用斗篷裹住身体，晃晃悠悠地走到营地边缘，坐在远离篝火的高秆草旁，面对法兰西的方向，拱起他瘦削的双肩。每隔一段时间，他就站起来走上几步，自顾自地嘟囔几句，然后重新坐下。

“他陷入沉思了。”哈努卡说。

“他让我头疼。”阿姆兰说。

“他想家了，”菲拉克说，“至少他是这么对我说的。”

“他这么对你说的？”阿姆兰诧异道。就算在烟斗的影响下，泽立克曼也不是喜欢怀旧或袒露内心的那种人，在这些年间，他虽然断断续续地透露了一些雷根斯堡的生活，但为数稀少的那些回忆里，恐怕连怀念的影子都找不到。“他是怎么说的？”

“法兰克人的祖国很遥远。”菲拉克正色道，严肃地点点头，像是折服于自己的博学多闻。他举起手臂，双掌相对，在火光中分开一英尺的距离。“我父亲领我走进过一位绅士的图书馆，我在一册地图集里见到的。”

提到父亲和收藏着宝贵地图的图书馆，菲拉克的声音因为哀伤而变得沙哑。阿姆兰心想，这个男孩手握世界地图的时候，是不是就觉得他拥有了整个世界；而此刻他回想起过去，是不是感觉好像失去了整个世界。菲拉克望着沉思的瘦麻杆一个人坐在黑暗边缘，他奇异的绿眼睛里罕见地染上了一丝温柔。这个孩子没爹没妈，专横傲慢，很难打交道，尽管他曾经短暂地丧失过勇气，但在接下来的这些日子里，菲拉克已经清楚地显示出了适合发号施令的初步征兆。他能够在天还没亮的清晨起床，休息前要确认众人都遵守了宵禁的规定。他不和底下人来往，就像他远离泽立克曼和阿姆兰一样。他睡在自己的帐篷里，单独洗漱和排泄。他总是带领众人行进，左右和前方没有其他骑手，但一整个白天都经常回到队伍里，到最衰弱和最没用的老人身旁，和他们合唱歌曲，为没鞋的贫民找鞋。那天下午，他把收买人心的精力均分给了最虚弱和最可怜的百姓。他骑术高超，坐在马背上英姿飒爽，确保照顾马匹的都是有能力的仁慈好人。他的权威是由他本人赋予兄弟会的，而不是反过来由兄弟会赋予他的。阿姆兰意识到男孩颐指气使的天生魅力似乎也蛊惑了他，因为他对这场远征抱着悲观的看法，除了从某些难以解释但深植内心的角度说，这个白肤红发满嘴脏话的少年让他想起了自己失去的黑棕色皮肤杏眼女儿黛娜，没有其他原因能够解释他为什么忽然成了菲拉克的左膀右臂。

“法兰克王国是什么样子？”菲拉克问道，视线没有离开泽立克曼。

“寒冷，只有灰色和绿色，浓雾呛人。”阿姆兰答道。

他没去过雷根斯堡，但多年前的一个冬天，他作为扈从陪同君士坦丁堡使节去拜见西罗马帝国的皇帝，有时候他觉得那趟旅程中的寒意还留在骨头里。“森林辽阔，有野狼和黑熊出没，还有能变成野狼和黑熊的人类。基督徒的城市简陋而发霉，没有任何华丽可言。他们不喜欢犹太人。泽立克曼的家族全是学者，流氓和王公却都不放过他们。”

“他本人也很博学，”菲拉克说，“就一名惯盗而言。”

“一位盗贼绅士。”哈努卡恶狠狠地说，朝阿姆兰使个眼色，举起盛着葡萄酒的铁皮长柄勺。“我们还能是别的什么人吗？”

“当然不可能。”阿姆兰说，也举起了他破破烂烂的杯子。

菲拉克站起身，朝阿姆兰点点头。他招呼一名卫兵，试探着伸出手按住卫兵的肩膀，但声音里没有一丝犹疑：他下令今晚的哨兵要加倍，以免萨布宁的卫戍部队派兵或城首派刺客前来夜袭营地。他穿过昏黄的暮色走向独自使用的帐篷，在马粪之间选取落脚之处，笨拙如骆驼的屁股一扭一摆。

“一个有意思的小伙子。”阿姆兰说。

回帐篷的路上，年轻人不得不经过泽立克曼。他停下脚步，没有说话，看着泽立克曼目送照耀法拉克和西罗马帝国的光线渐渐消逝。泽立克曼似乎没有注意到菲拉克或其他人或世上任何东西的存在，只在乎烟斗里的那团炽热火光。阿姆兰忽然听见，搭档身旁的草丛里响起刺啦一声，很像粗糙的袖管摩擦皮革的声音。他正要跑向菲拉克，却看见半空中有一道模糊的银光，那东西翻翻滚滚，慢得像骰子在草席上滚动，即将决定你是发财还是破产。泽立克曼一蹿而起，把帽子扔了出去，就像一个人晒了一整天的烈日回家，取下帽子扔向墙上的一对鹿角。已经熟悉了此种不幸的帽子献身挡住又一把利刃，而泽立克曼跟着帽子飞出去，扑在什么都没听见和看见的菲拉克身上。泽立克曼跳在年轻人身上，把他腹部向下地压倒在地，磕破了年轻人的下巴，年轻人被吓了一跳。匕首和帽子落在地上，就像猎鹰抓着猎物瘫软的尸体。

“别压着我！”菲拉克说着，从泽立克曼底下翻身出来。泽立克曼满脸惊讶，像是被烟膏迷梦的奇异转折吓住了。阿姆兰继续奔向灌木丛，听见背后响起通通的脚步声，随即被席勒尔赶了过去，菲拉克跳上马背，像拿杀猪刀似的，抓着柳叶刀，策马冲向草丛的暗处。席勒尔敏捷地左晃右闪，突进虚晃，活像一条狗在抓老鼠，菲拉克手里的长剑刺中了目标。阴影中响起一声惨叫，菲拉克跳下马。五六个艾尔西亚人跟着他们的小象王跑向草地，有的徒步，有的骑马，他们以扇形展开，寻找逃跑的刺客。菲拉克从草丛中钻出来，脸色惊惶，牵着席勒尔的缰绳，恰好迎面撞上阿姆兰。菲拉克径直从他身旁走过，胸膛起伏不定，篝火照亮了他的绿眼睛。他大踏步走到泽立克曼身旁，泽立克曼已经拍掉了身上的尘土，正在用刺客的匕首把帽子切成小条。

“我再也不会认为你对这匹马的热爱有任何出格之处了，”菲拉克把缰绳递给泽立克曼，“但对于这把剑，我无论如何也说不出半句好话，连女人用它都不会觉得顺手。”

菲拉克举起柳叶刀，细长的剑身跨越了两人之间的鸿沟，罗盘针指着泽立克曼胸膛中央的心口。两人面对面站着，彼此相隔的距离，还不到年轻人童年时在图书馆里见到的那张地图上法兰克王国与哈扎尔汗国之间的距离。两人之间存在某种情绪，某种炽烈的嫌恶或克制的喜爱，阿姆兰能够感觉到但难以理解，他不知道泽立克曼近期变得越来越不自在和它有没有关系。就阿姆兰所知，他的搭档从不碰任何女人或男人，有时候条件艰苦，在寒冷的夜晚，他必须和阿姆兰睡一张床，倒是恰好证明他们的关系，就像他搭档与席勒尔的关系一样。阿姆兰失去了很多，只好独来独往，但泽立克曼完全是生性孤僻。

菲拉克用罩衫下摆擦净剑刃，转过剑柄向前，还给泽立克曼。“谢谢你救了我的命。”他说。

“我不救命，”泽立克曼说，“只是延长凡人的徒劳挣扎。”

去草丛中搜捕的士兵们空手而归，菲拉克下令传话给萨布宁人。

“告诉他们，他们的怯懦行动失败了，”他说，“假如在明天早晨之前，他们不向我们尊贵的兄弟会补充五百名全副武装、身强力壮的男丁，我们就去城里演练一下我们从罗斯人那里学来的各种技法。”

刺杀失败的传闻很快就传遍了兄弟会，到了第二天，确凿的事实前后经过，在沼泽地带已是无人不晓。兄弟会抵达阿迪尔的城门时，人数增加到了将近一万，包括萨布宁人不情愿地贡献的五百名士兵，还有另外四支反叛的艾尔西亚部队，他们刚从克里米亚的军营赶来，那里得到的消息虽然不准确，却帮了兄弟会很大一个忙：据说，在一个鬼魂和一个黑肤巨人的陪伴下，有个不可思议的婴儿召集了一支军队，以安拉之名前去征服哈扎尔汗国和整个世界。

然而，传说中的鬼魂却已经不在这支半传奇的队伍里了。黎明时分，他钻进阿姆兰的帐篷，嘴唇上挂着一丝冰冷的诡笑。

“我不问你要不要和我一起离开，”他说，“只是因为我担心你会仅仅出于发神经而拒绝我。”

“那么，根据这个逻辑，你应该请我留下。”阿姆兰说。

“留下吧，”泽立克曼说，“和陌生人并肩作战，战死在城门口、城垛上、异国他乡的小巷里。”

阿姆兰躺在地上，崎岖不平的地面害得他彻夜未眠，他仰望着已经开始照亮帐篷的清晨光线。

“也许我累了，”他说，“也许我厌倦了一点、一把、一小袋地捡取生命。等你到我这个年纪，也会理解，从始至终做完一件事的诱惑。另外，”他说，“不知道为什么，但我喜欢那个孩子。”

泽立克曼点点头，两人拥抱，用五种语言说了一些平淡无奇的话，大致意思都是永别。

CHAPTER

IX

叙述因为一头象的出现，消除了祈祷所需人数不足而引发的焦虑[1]

1 在犹太教中，举行公众宗教仪式需要至少十名犹太人。

“战争。”约瑟·赫卡诺斯对大象说。他朝草地啐了一口，摇摇头，捋着编成辫子的胡须。大象喷了一下鼻息，像是表示赞同，态度一如既往地隐忍而高傲，然后继续用疤痕累累的长鼻卷起雀麦塞进嘴里。这头庞然母象性情平静，已经至少有五十岁了，它的战场生涯早已结束，几十年前诺曼人在劫掠西西里埃米尔国[1]时捕获了它，费尽周折运回法兰克王国，却被各路毫无远见的贵族置之不理，直到六个月前的一天作为酬劳送给赫卡诺斯宗族，进入了他们无所不包、异想天开的财产目录。“不利于拉特纳人[2]。”

---

1 位于意大利西西里岛的酋长国，831年立国，1072年被诺曼人征服，首府巴勒莫。

2 中世纪早期犹太商人，在阿拉伯人与意大利人兴起前控制丝绸之路，在哈扎尔汗国地位很高。

“也不尽然，”他的侄子说，他想成为一名精明的生意人，无法让他实现野心的只是精明的水准问题，就约瑟所见，他把全部精力都放在了保护偏见不受经验玷污之上。“战争同样会创造机会。”

“短期而言，”约瑟说，又啐了一口，“短期的有利往往是长期的不利。”

他们站在阿迪尔以西的一道矮坡上，脚下是曲折大路的最后一个转弯。这条路从多瑙河的源头而来，越过平原、山峰和湿地，或乘船或坐车，结束于伏尔加河的河口，整趟旅程历经十八个月艰苦的跋涉。约瑟·赫卡诺斯从波斯人制造的神奇魔镜上抬起眼睛，扫视令他嗟叹的地平线尽头。波斯魔镜是他们家族的一项独门生意。一股半英里高的烟尘在南方天空下移动，缓慢而气势汹汹，仿佛一支鹅毛笔，沿着哈扎尔海岸边书写反叛的誓言。他收到的报告——扣除半数谎言和空话、三分之二的一厢情愿——将叛军描述为一根尖锐的长钉，大约五百名艾尔西亚骑兵在宛如稀薄肉汤的普通穆斯林队伍中沸腾，再加上一把渴望或预见到布连倒台的聂斯脱利派教徒、拜火教教徒、其他异教徒和犹太人充当调料。在约瑟·赫卡诺斯眼中，他们全都是野蛮人，哈扎尔犹太人尤甚。与绝大多数骑马从东方草原误打误撞而来的突厥部落一样，崇拜的外在形式对哈扎尔人来说只是细枝末节，约瑟一向怀疑他们皈依犹太教并非神性召唤的结果，而是对国内的基督徒和强大的穆斯林邻居表现出的一种政治让步。

“自从我上次到访已经过了十年，但就在我抵达的时候，却爆发了一场战争，”约瑟·赫卡诺斯恨恨地说。假如连一贯宽容和注重实效的哈扎尔人都沦为了教义冲突的牺牲品，那这个世界还有什么指望呢？“而且是一场宗教战争。”

“这是我们最不需要担心的事情，”他的弟弟梅纳什说，他出现得悄无声息，没有带起一丝风，也没有在草地上踩出任何声音。他和哥哥或任何一名成功的拉特纳犹太人一样，痴迷于将诡秘、沉默和谦卑演练到极致，在训练和天性的帮助下，不为人知地穿梭于彼此敌对和正在交战的王国之间，等待买卖的时机到来，然后就像传说故事中的反面主角似的，穿上显形斗篷，将贸易当礼物，献给深陷于征服和复仇之黑暗的国度。“威尼斯人到日落就要死了。”

在克尔松城，他们收受了一名意大利犹太商人的货物和服务，约瑟侄子的父亲在那里表现出了一如既往的判断力低下，竟然拜服在了某种犬热病的脚下。现在他们的队伍又变成了九个人，对遵行犹太习俗的人来说，如此局面自然难以接受，尤其是，此刻夜晚即将来临，尽管约瑟并不怎么怀念威尼斯人的吹毛求疵，还有他没日没夜连睡觉也不停下地吹跑调口哨的爱好。

“那就太不妙了。”约瑟放下波斯魔镜，视线越过他的弟弟——和他一样缺少毛发和脂肪，眼窝深陷，招风大耳很像某种谨慎的沙漠动物；越过他的侄子——已经成了半个孤儿，脑子不怎么好用；越过挤在一起的骡马；越过围成一圈的马车——牛皮和木板车篷里装满了毛皮、牛皮、木料、铁锭和宝石。他从雷根斯堡出发，一路上采购和交换货物，克服了种种艰难险阻，终于登上这个寒风呼啸的山丘，脚下就是仿佛闪电分叉的河口三角洲，阿迪尔城已经近在眼前，这里的统治者对大象的热爱向来溢于言表。“在至圣上主的眼中，由于信仰冲突，又一条从西到东的贸易线路被关闭，只怕比渺小犹太人数量成九的不敬更加糟糕。”

“这样的线路一条接一条地中断了。”他的弟弟赞同道。贸易船队和篷车队走遍世界的伟大时代已经过去，他们和所有拉特纳犹太人一样，对贸易时代衰退的先祖记忆能够追溯到罗马帝国的崩溃和犹太教彼此争斗不休的继子开始崛起，伊斯兰教和基督教的追随者违反了上帝的意愿和教诲，尤其是祂的明智和理性，宁可厮杀不休，也不肯讨价还价。

“那个人看着像是法兰克人。”他的侄子说。尽管他很年轻，还不需要波斯人的光学技艺，而且在法兰克人之中出生和长大，但他的叔伯们都习惯于忽视他东一榔头西一棒子的蠢话，没有给予他哪怕一丁点关注，只是继续俯视绵延于河流两岸的白色都城。等他们注意到一个稻草色头发的陌生人骑着一匹长鬃毛、大鼻子的马时，陌生人已经差不多走到了他们身旁。约瑟只来得及看清法兰克人的眉头有一道惨白的颜色，说明他不久前失去了一顶帽子，他的腰间挎着一根巨大的长针，那东西或许是什么托钵裁缝隐修会或另外某种荒谬僧团的会员象征。

“你们是拉特纳人？”瘦削的陌生人用法兰克语说，约瑟觉得他在陌生人的声音里听到了一丝诧异，就好像这个人不仅从他们编成辫子的胡须和缠头布的样式认出了他们，而且在某条大路上或某个王国里的什么地方见过他们本人。“来自哪个国家？”

“法兰克王国，”约瑟的侄子说，他的两位伯父都没来得及让他闭嘴，答案就从他肥硕而愚蠢的嘴唇之间蹦了出来，“雷根斯堡。”

“啊哈。”陌生人回应道，但没有继续说下去，就好像这个国度和城市的名称对他来说毫无意义，因此约瑟不禁起了疑心。陌生人跳下马鞍，伸展双腿，绕着大象，慢吞吞地转了三圈，带着一丝可信的专家姿态，揉搓下巴，用指尖抚摸大象臀部的沟槽和凸起，注意到它头顶正在转为灰白的毛发，发现它左侧长牙比右侧磨损得更严重、年久的光泽也更深，还看清了它带着怀疑的眼神。

"克妮冈蒂？"他最后说。

"它曾经用过这个名字，"梅纳什说，"十几年前，当时它还在沃尔姆斯行宫伯爵的动物收藏之中。"

陌生人一时间放下了所有的谨慎伪装，站在那里仰望这头庞然大物，在这个荒凉群山和蛮人海洋之间的偏僻地方，他居然遇到了曾经属于沃尔姆斯本人的灰色巨兽。陌生人脸上的表情，他审视大象的方式——视线仿佛刺穿了它粗糙的厚皮，进入它巨大的内脏和为内脏服务的各种导管和闸口深处——在约瑟·赫卡诺斯心中唤醒了一段记忆。凭借家族成员之间的某种相似特征、仿佛解剖学家的敏锐眼神，他似乎认出了这个陌生人。

"既然您侥幸猜中了克妮冈蒂的名字，那么也请允许我大胆猜测一下您。"他说。"先生，您这是遇到了一群虔诚状况岌岌可危的犹太人。祈祷的时间即将来临，我们恰好只有十个人，但其中一人因为血液的不洁而病重濒死。因此我斗胆请求您，希望您不要误会我有什么不轨之心，假如先生您不认为自己属于亚伯拉罕和以撒的子孙，不知是否愿意成为我们队伍里的第十个人？”

陌生人没有说话，继续望着眼前的厚皮动物，它早该在泥坑里打打滚了，身上满是皮屑和长途旅行留下的痕迹。他叹了口气，母象也叹了口气。

“带我去看看那个倒霉的家伙，”陌生人说，“让我看看我能做些什么。”

跟着约瑟的侄子，他们走进帐篷，状如鳞茎的条纹帐篷很像拉特纳人的缠头布，意大利人躺在地上，浑身虚汗，脸色苍白，像死鱼似的茫然瞪视着。陌生人放下鞍袋，吩咐他们烧热水。他跪在地上，脱掉外袍，挽起白色长套衫的袖子。他倒了些收敛油在手里，顺着前臂，一直涂到肘弯。约瑟的侄子觉得很可笑，从医生不治患者而治自己的念头中，他看出了一些荒谬的寓意。陌生人俯身闻了闻意大利人的呼吸，把耳朵贴在他的胸口，把量这个倒霉蛋的脉搏。他一边忙碌，一边询问意大利人的病程、车队行程中停留的地点、犹太人在雷根斯堡的境况、一路上的道路情况；法律是否真的规定只有伯克才能见到哈扎尔人的可汗，而这位可汗是否真的与世隔绝地居住在皇宫里，既拥有至高无上的权力，又没有任何实权，直到某个指定的日子，行刑者将他带进森林，用丝绸绳索送他上路。拉特纳人回答说，他们也听说过有关可汗的这些说法，但恐怕没什么可以补充的，否则就会犯下妄言的罪行。

“我知道这是拉特纳不可动摇的信条，”陌生人说，“但也是个奇特的悖论，假如一个人在搬空拉特纳人马车的同时，填满拉特纳人的荷包，他往往会发现自己正在接收你能想象得到的最离奇荒诞的传言。”

梅纳什·赫卡诺斯邀请陌生人换个时间再来重复他的问题，比方说，先去看一看他们的宝石和马具存货，看看到时候他得到的答案会不会让他觉得更有好处。

陌生人结束他的检查，请众人离开帐篷，用他自己冷冰冰的话说，就是好让他完成一些散发恶臭的可怕治疗。一小时后，夜幕降临，陌生人和他们一起做晚祷，赫卡诺斯家的成员在此期间彼此印证了记忆，带着更深一层的兴趣欢迎他，当然了，他们出于本性尽量掩饰心中的悸动。缅怀完逝去的先人，他们在旺盛的篝火旁坐下，索布[1]奴隶在

1 曾经广泛居住在今日德国东部地区的古斯拉夫部落的唯一残余，于公元4世纪前后从鲁塞尼亚地区迁移至此，至6世纪以后先后为摩拉维亚帝国和德意志诸边境总督所征服，处于从属民族的地位。

餐盘里堆满烤羊羔肉和用洋葱与油脂烹制的米粉，在酒杯里斟满葡萄酒。陌生人吃着食物，小口抿着葡萄酒，没有显示出任何喜悦。他取出一根短短的、不知是陶土烟杆还是掏空的骨头，填满黑色的烟膏，用一根稻草点燃。

“雷根斯堡，”他说，“我在那儿待过一段时间，学习医术，许多年前了。我住在一条犹太人聚居的街道上。”

“一条虔诚和博学的黄金小路，”约瑟·赫卡诺斯说，“照亮了阴沉的基督徒街区。”

“我寄宿在一户人家里。梅什兰·本哈伊姆家族，全都是著名的医师。”

约瑟、梅纳什、赫卡诺斯家的远近表亲和另外三名拉特纳人（他们属于拉古萨的萨切尔多蒂家族）心照不宣地保持沉默，注视并打量着他。约瑟的侄子哼了一声，随即不怎么可信地，假装呛了一口葡萄酒，借此掩饰那声冷哼。

“一个了不起的家族，”约瑟·赫卡诺斯同样不冷不热地说，“请允许我这样称赞我们在西方的兄弟。然而，并没有我们的熟人曾在那座城市生病。”

“我猜，他们的人数从那以后有所减少，”陌生人说，“虽说本来就谈不上有多少。几个年迈的学者和鳏夫，成天埋在书堆里。可怜又可鄙地照顾贵族和普通市民的身体，而那些人对无知暴民屠杀犹太人的行径却视而不见。”

“我想，”约瑟·赫卡诺斯说，“这个家族只剩下了最后一名成员。”

“唯一的一名。”

“他叫——”约瑟望向弟弟，作势询问，“我记得应该是……”

“所罗门？”陌生人急切地说，约瑟第一次意识到他究竟有多么年轻。但他什么都没说，其他人纷纷摇头，认真地假装无知或失忆。

“你有一匹好马，”片刻冷场过后，约瑟的侄子打破沉默，“可惜你的马鞍和挽具质量低劣，而且用得很旧了。”

所有拉特纳人都扭头瞪着他，其中最惊诧的，莫过于他的约瑟伯父。陌生人的困惑消失得比拉特纳人更快。

“确实如此，”他说，“它应该得到更好的待遇。明天早上请让我看一看你们最好的存货。”

“你叔叔去世了，”约瑟·赫卡诺斯说，“你父亲放弃了你回家的全部希望。”

泽立克曼·本·所罗门露出微笑。

“我离开雷根斯堡前的好几年他就放弃了希望。”他说，“老秃鹫的身体怎么样？”

“虚弱得很。等我们结束在阿迪尔的生意，我们打算返回雷根斯堡，走一条更直接的路径。若是上帝帮忙，你应该能在为时已晚之前再次见到他。”

“对他和我来说，我出生那天就已经为时已晚了。”泽立克曼说。

“宽恕是至大的幸事，”约瑟说，“允许自己被宽恕则是更大的幸事。”

“拉特纳人的驿站很舒适，供应充足，”梅纳什说，“您和我们同行所支付的费用无法体现您将得到的奢华享受。”

“老小子没有六个月的时间了。”约瑟的侄子说。

泽立克曼慢吞吞地思前想后，似乎在烟斗里想象浓雾、清澈的阳光、芬芳的茂密森林以及教堂的钟声。

“我接受你们善意的邀请，”泽立克曼说，“我作为医师的服务应该可以抵销路上所需的费用。”

大象发出低沉的吼叫，打断了他们的商谈，片刻之后，他们听见风从河流方向送来一声微弱的呜呜颤音，紧接着又是一声。

“有人吹号。”约瑟的侄子说。

他们走到坡顶的边缘，看见星星点点的火光点缀着东方的一片黑暗。战象兄弟会终于来到了阿迪尔的城墙下。泽立克曼望着令人不安的闪烁火光，就好像它们组成了一个星座，有可能引他走上一条不确定的道路。

“战争，”约瑟·赫卡诺斯说，“不利于生意。”

泽立克曼沉默良久，老拉特纳人猜测他要么是没有听见，要么是觉得这句睿智而苦涩的评语已经没什么可补充的了。

“也不完全是这样，比方说，”泽立克曼最后说，“你是外科医师。”

第二天早晨，意大利人坐了起来，说他想喝肉汤，没多久，其他人就听见他吹响了跑调小曲的开场音符。他们去找雷根斯堡的泽立克曼·本·所罗门，感谢他拯救了同伴的生命——尽管这家伙有个爱吹口哨的坏毛病，但大家都挺喜欢他的——却发现他和他的马都没了踪迹。后来盘点马车上的货物时，他们发现缺少了一套上好的挽具和一副伊比利亚的高级马鞍。

CHAPTER

X

叙述赠象以梨而获得的迟到报答

“我一次只能救一个人。”泽立克曼说。

他盘腿坐在一块毯子上，毯子闻着像是发情的绵羊，这个逼仄而昏暗的圆形行军帐篷，由三种物质等量搭建而成：腐臭的毛毡、烧牛粪的烟雾和石脑油灯盏投下的辛辣阴影。他正在说服阿姆兰认真看待他和他的提议，但他的形象阻碍了这个任务，因为他还穿戴着拉特纳人慷慨但未必明智地赠送的长袍和缠头布，斑驳的金色胡须编成小股辫子，沾上了灯盏吐出的黑色烟灰。

“如你所知，我基本上不受规则的限制，”泽立克曼继续道，“我是一名路途中的绅士，背离了我父辈的信仰，我是叛教者，我是歹徒、盗贼、雇佣杀手，但我只坚持一条小小的经济原则，你这个混蛋，那个小惹祸精混蛋，还有外面那一大群混蛋，你们都是活人，绝大多数人都四肢完好、体液充足。有一句话我必须说清楚：既然救人只能一个一个救，那么老天在上，杀人也只能一个一个杀。”

“我一个字也没听懂。”菲拉克说。他拒绝和重新团聚的搭档坐在一起，靠在最接近低矮门帘旁的支柱上，抱着胳膊的样子，一看就是年轻人正在努力克制脾气。他皱着红色的眉毛，恶狠狠地瞪着泽立克曼。“我们召集起了这些人，答应他们伸张他们的委屈，保证他们能打一场痛快淋漓的战斗，但按照这位理发师的提议，我们似乎应该像扒手似的溜进城市，用丝绸腰带在睡梦中勒死布连……”

“围巾也行。”泽立克曼说。

“……然后握握手，说声‘谢谢你们远道而来’，就打发这些好人回家。那么请允许我建议他爬回一不小心把他漏出来的西方臭茅坑里，让我们自己以哈扎尔人的方式来解决争端。也就是公开解决，用烈火和钢铁。很快，阿姆兰，就是今天，就是此刻，赶在大部队从克里米亚回来包围我们之前。”

“孩子，我们不到两小时前派信使去命令他投降了！”阿姆兰说。兄弟会麾下武器最精良、铠甲最结实的艾尔西亚第十五骑兵队派出六位枪骑兵，打着休战的旗帜，被放进城门。他们带去了小象王菲拉克将永远效忠可汗的谦恭誓言，以可汗名义立下的休战约定有着神圣的效力。他们还向布连提出了慈悲为怀的投降条件，兄弟会不但将允许他保留家族财物、骆驼和帐篷，甚至答应——尽管菲拉克表示反对——把他的眼睛和舌头留在他脸上。

“但另一方面，你那些‘好人’并不怨恨布连。”泽立克曼说。尽量克制当场试验勒杀技术的冲动，无论是用围巾还只是手指。“他们的敌意指向罗斯人。你越是迅速和简单地登上伯克的位置，撤销布连给予北地人的安全进出特权，你那些部下就越能够及早遂愿、寻求报复，而且会有更多的人活着看到那一天。和布连不共戴天的是你，你这个傲慢的小杂种。”

“还没掌权，就已经像暴君那样思考问题了。”阿姆兰研究着他的棋盘，脸上露出懊悔的笑容。“把你的意愿和奉你为主者的意愿混为一谈。”他没有从棋盘上抬起头，抓住年轻人的左脚踝拉了一下，年轻人一屁股坐在毯子上。“我发誓，你开始让我担心了。”

“而你开始让我厌烦了。”菲拉克爬起来，面颊和喉咙涨得发红。“你背着一把壮观的巨斧，却似乎忘记了它的用途。我曾以为你是一名战士。但现在，我觉得你和你朋友一样，是个只会动嘴皮子的胆小鬼。”

“我是一名战士。”阿姆兰抬起头，笑容早已消失。

“是吗？那就像战士一样战斗吧！我们抵达之后，就应该发动攻击的。”

“大家都很疲倦。天也黑了。城市防备森严，他们已经做好了准备。”

“拜占庭的军队就是这么做事的？还没失败就找好借口，免得事后觉得浪费时间？”

泽立克曼不得不承认菲拉克确实拥有指挥军队的优秀天赋，因为泽立克曼知道年轻人凭直觉猜到关键：拿捏准确的嘲笑肯定能影响阿姆兰的决定。在帝国的征战中，非洲人当了太久的獒犬，碰到驯犬人巧妙地挥动刺棒，他不可能不做出反应，哪怕拿着刺棒的只是个没毛小子，对战场所代表的艰难和困苦一无所知。菲拉克吊着嘴角站在那儿，漂亮的眼睛闪着轻蔑的光芒，柔软细长的手指摆弄着还没见过血的长剑的剑柄。一个新兵有多敢于确定他的必胜，就有多确定他已占了上风。

“让你在城里的探子做好他们的事情，”阿姆兰说，“等你有了消息——”

一名艾尔西亚骑兵手脚着地钻过门帘，铠甲随之叮当作响。他将额头压在提花毡毯上，等待菲拉克允许他开口。

“他回话了吗？”菲拉克说。

“回话了——主人，他说布连将派来一名使节，是您的一位老朋友。结果我们只等来了一头象。”

“一头象？”菲拉克低声说。

“非常老的一头象。瘦弱、衰老、迟缓。”

菲拉克站在那儿一动不动，只是摇头。

“额头上有一块秃斑。”他轻声说。

“是的，主人。颜色不一样，没有毛发。”

菲拉克推开卫兵，从他身旁爬过去，把脑袋探出帐篷，望向阿迪尔的巨大城门。他见到的东西让他一时间不能自已。他跳起来跑出去，一边大笑一边抽泣，险些被自己的脚绊倒。

阿姆兰和泽立克曼跟着他爬出帐篷，走到城门口，看见菲拉克伸出细长的手臂——他身穿借来的夹棉填充甲，过大的袖管晃晃悠悠——抱住了一头衰弱老象的粗糙长鼻。老象瘦骨嶙峋，朝一侧倾斜，皮肤凹凸不平，有许多泛白的伤疤，像纸刨花似的成条剥落，一缕一缕落在脚边：也像一马车破烂发霉的毛毯被匆忙堆在年久失修的谷仓骨架上。它不可思议的体内不断发出仿佛风吹刺槐枝叶的哗啦声，底下还有一种更低沉的隆隆声，无疑是老象在表达喜悦——因为年轻人抚摸着它双眼之间的秃斑，它平静的小眼睛里淌出了浑浊的老泪。

菲拉克对它说话，称它是他的美人，他的小母亲，他的女王。第十五艾尔西亚骑兵队的枪骑兵隔开一小段距离望着年轻人和老象，像是想为这场重聚保留一些隐私。四名步兵站在骑兵背后，扛着休战的旗帜和战象兄弟会暂用的绿色旗帜；士兵面无表情，圆形头盔边缘的阴影落在脸上。

老象从菲拉克怀中抽出遍布疤瘤的长鼻，慢吞吞地转动头部，磨石般的颈部吱嘎作响，它向左看了看，又向右看了看，用嘴唇还是喉咙发出了咔嗒咔嗒的声音，仿佛在和周围的人打招呼。老象猛地朝背后的士兵跳了一步。一匹马陡然惊起，骑手举起长枪，深深地扎进老象的侧腹。

生命力从老象侧腹部的窟窿里涌了出来，发出了恶臭的气味和滑稽的肠胃胀气声。老象呼哧呼哧地挤出几个单调的音符，像是激起了来自远方的阵阵回响，它巨大的头颅拖着身体，颓然向前倒下。头部撞在地上的声音令人生畏，但身体倒地却轻得像一丛灌木折断。它倒下时，掀起了一股尘土，皮屑像细雪似的纷纷落下。

“我操！”阿姆兰抽出了背后的“奸母者”。奸细扔下随风飘荡的旗帜，任其在烂泥里遭人践踏，他们展开哈扎尔汗国的枝状烛台旗，拔出腰间的长剑。阿姆兰跳出去，拉开维京巨斧的锋刃，但他还没来得及挥动巨斧，一名奸细就把菲拉克从死象身上拉了起来，伸手揪住年轻人的长罩衫，一把扯开：菲拉克露出雪白的肚皮、柔和的凸出曲线、臀部的浑圆轮廓和紧紧包裹瘦削胸部的两码亚麻缠布。他拼命挣扎，咆哮咒骂，最终尖叫起来，因为士兵撕掉了亚麻内裤，一团黄褐色的毛发露了出来，但没有其他东西随着微风一同摆动。士兵用匕首做个花哨的动作——解放者热衷于的那种大胆姿态——划破了他胸前的那块亚麻缠布，一对出自上天之手、形状恰好贴合情人掌心的乳房跳了出来，像眼睛似的瞪视全场。

在那片遍地烂泥、野草和令人瞠目结舌的平原上，沿着建有雉堞和箭塔、站满枪兵和弓箭手的阿迪尔城墙，从黑海到哈扎尔海，从乌拉尔到高加索，整支军队忽然陷入了沉默，只剩下风吹野草的刷刷声、马匹横走的橐橐声和小象王菲拉克断断续续的呼吸声。他们和菲拉克一同行军、睡觉和瑟瑟发抖，他们当他是老伯克的儿子，是站在他们肩膀上的王子，是统领他们的新伯克，为他们的姐妹被强奸、房屋被焚毁、财产被掠夺而复仇。泽立克曼的所有厌恶——

自从在客栈救下这个娇生惯养、出言不逊的年轻人起，就开始折磨泽立克曼的全部怨恨——随着老象的被杀和秘密的揭穿这个双重震撼，瞬间消失得无影无踪。取而代之的，是怜悯。他怜悯那团沾着泥点的、白花花的血肉之躯，怜悯那个失去了父母的姑娘，士兵拎着她，就像抓着一面虏获的旗帜。

阿姆兰还没醒过神来，骑马的奸细就用枪尖对准了他。他研究了一下角度和距离、头盔下那几张瘦削的脸庞、女孩的惊异和寒光闪烁的精钢枪尖。他扔下了手里的巨斧。他们把他的双臂绑在背后，带着女孩、驱赶他走向城门。泽立克曼伸手握住柳叶刀，但阿姆兰像是听见了钢刃的摩擦声，他猛地回过头，在兄弟会士兵茫然的面容中，找到老朋友的脸。他冷漠的神情，既没有提醒泽立克曼不要轻举妄动，也毫无走投无路的挫败之色，只有一丝更加有益和睿智的好笑神情：你难道还能翻天不成？泽立克曼找回了自己的智力，压下胸中的怒火，克制住惊慌失措的冲动反应，暂时将利剑留在了原处。

兄弟会的人们，像日落后聚集在岩石上的猿猴、树木上的乌鸦、城市遇袭时瞭望塔的钟声，七嘴八舌地同时开口说话，离城门最近的人和身处营地最外围的人，都想调和肉眼所见的奇景与最胆大妄为的捏造谣言之间的矛盾。

“主人?”哈努卡小心翼翼地接近泽立克曼，一只手伸在前面，就像一个人在黑暗中摸索楼梯栏杆。他身披锁子甲，只穿了一只靴子，没穿长裤，一条胳膊用吊带固定住，脸上有一块瘀青。宿醉像斗篷似的包裹着他，他脚步虚浮，眯着眼睛，羊毛铺盖的一根带子钩在一节锁子甲上，毯子拖在他背后的烂泥地里。“是你吗?”

他伸出手，胖乎乎的面颊耷拉着，明亮的小眼睛里，除了惊讶，没有其他情绪，他揪了揪泽立克曼的一根胡须小辫。但这一天的奇事还没有结束，泽立克曼还没来得及回答，就听见后方传来了喊叫声和绝不可能出自人类之口的响亮号声。士兵的队伍分开一条裂缝，就像堤坝被暴怒洪水冲开似的，他们纷纷后退或跑开，给克妮冈蒂让路。母象踉跄跑向阿迪尔的城门，臀部刚被洗刷过，涂油的皮肤在阳光下闪闪发亮，它身披华丽的紫色丝绸和金线布匹，长牙顶端套着鎏金的皮鞘。它背上是个巨大的草编兜篮，约瑟·赫卡诺斯的侄子和他的三四位叔伯挤在里面，紧紧抓住草篮的侧边。他们身穿精致的丝绸长袍，但和装饰胡须的亮色缎带一样，母象狂奔造成的惊恐表情完全破坏了应有的效果。

克妮冈蒂在死象身旁站住，以神秘难解的表情望着它。它吸了吸鼻子，发出低沉的吼声，查看死象的伤口、身上的坑洼和臀部的疤痕。它不耐烦地在四条腿之间重新分布身体的重心，似乎再次面对了尘世的不公本质和残酷现实，发觉其中没有任何涵义或寓意。死去的巨物顶多是它的远亲，泽立克曼心想，不会比阿姆兰和他的血缘关系更亲密。

泽立克曼拍了拍哈努卡的肩膀，拔腿跑向母象。拉特纳人坐在象轿里，还没有从颠簸中完全恢复过来，他们的一位同胞突然从大象的四条腿之间冒了出来，害得他们大吃一惊，连约瑟都吓得叫了起来。泽立克曼抓住一根从母象肩隆飘拂而下的金线刺绣的紫色带子，拿它当支撑身体的绳索，爬上巨兽的肩膀，他的伪装既没有惊吓，也没有骗过母象。二十年前，在美因兹的圣约翰节上，一个犹太男孩偷偷溜进这头大象夜间休息的畜舍，喂了它一个熟透的梨子，爱抚它的侧腹部，用神圣语言说了个表示友善的词语，当时他认为那种语言是象类和人类的共同母语。此时此刻，这个男孩已经长大成人，踩着母象侧腹的腿滑了一下，身体顺着它光滑的皮肤差点落向地面。克妮冈蒂回过头，用鼻尖抵住他的马裤根部，帮他稳住身体，直到他重新抓牢带子。

“我邀请你加入我们队伍只是个非常简单的提议。”约瑟·赫卡诺斯对一头扎进篮筐的泽立克曼说。约瑟上上下下打量他，从弯头拖鞋到仿佛烧焦豪猪的编辫胡须，到裹得十分蹩脚的缠头布都没有放过。“但看来你还是找到了办法把事情弄得非常复杂。”

CHAPTER

XI

叙述一位伯克的命运与一盘
烂棋之间出乎意料的相似性

住棚节的习俗规定，哈扎尔汗国的伯克必须把树叶帐篷扎在监狱要塞昆玛尔的院子里。要塞是个用黄色砖块垒成的土丘，矗立在混浊河流的左岸上。根据长久以来的传统，战争国王只能在城堡的主楼中歇息。但从夏季营地返回阿迪尔城之后，篡位者布连下令将他的住棚搭在了主楼的屋顶上，那里拥有绝妙的战略视野，能看见可汗的王宫、海岸线、穆斯林居住区和大草原，当然更重要的是，它比其他地方更接近群星。哈扎尔人崇拜天空，相信没有接受过割礼的祖先依然活在群星之间，带着从不失误的矛隼狩猎天顶的猎物。

节庆结束后，他拒绝拆除住棚，单方面请教大拉比之后，他的妻子和三个女儿也搬了进去。流言开始传播，说愧疚的良知阻拦了新伯克占据王室住所，甚至有人声称，在主楼上层的窗口看见了被他杀害的前任身披幽冥烂衫的鬼魂。然而真相只是，布连在住棚里找到了慰藉，这个露天场所证明了一种亲密的关系：一方是他的祖辈，另一方是他们所皈依之信仰的教众的祖辈——根据后者的典籍记载，他们也曾经是漂泊无定的游牧民族，住在帐篷里，以抢夺牛只为生。新任伯克的曾祖父一生中的每个夜晚都在星空下度过，不是在马背上，就是在蒙古包的毡墙里，布连沿袭了祖先对城市和城市居民的蔑视。想到搬进城里生活，他就打心底里着慌。

“哈扎尔人的命运似乎奇异地和大象的命运交织在了一起。”他对古怪的拉特纳人代表说。拉特纳人盘腿坐在毯子上，头顶上是草编的屋顶。布连坐在他办公的三脚座上，三脚座是用鎏金的麋鹿长角做成的。他的妻子在旁边给小女儿喂奶，双胞胎女儿在角落里玩彩色弹珠和松鼠尾巴。女孩们还不够熟悉神圣语言，听见“大象”这个词，抬起了头。“你帮助我们开始重建整个兽群，为此我们必须感谢你。我本人同样非常高兴。”

“那么我们也就实现了我们唯一的愿望。”拉特纳人答道。他之前已经为他的哈扎尔语不够流畅道过歉了。“顺便说一句，这头牲畜拥有绝好的性格。”

布连向右手边的棋盘伸出手，拾起用深绿色石料雕成的象，想了想，又放下了这枚碧玉棋子。南侧棱堡里的囚徒，对他上一步棋的回应，随时都会通过武装卫兵送来。伯克的地位看似稳固，但总觉得被一只拳头捏住了肚肠，他知道自己在棋盘的某个角落陷入了麻烦。他拥有的那种勇气（当然也是最有用的那一种），来自一个人只在能够确保胜利时，才下场厮杀的信心。他带着不寻常的恐惧，等待武装卫兵的归来。

“性格？”他说，示意在住棚外冻得直哆嗦的索布奴隶过来。天气晴朗，天空湛蓝得仿佛他曾祖父信仰的天神的胡须，但风很冷，还带着一丝铁锈味。“在这座城市里，‘性格’那东西可不常见。”

索布人低着头，走进住棚——伯克的匕首从舌根让他永远丧失了语言能力。他拿着一个热气腾腾的铜壶，为伯克的杯子斟满了干山茶。干山茶叶是以高昂的价格，从中国人手上买来的，布连靠它在城市里保持精神旺盛。“再找一头生活在阿迪尔的老实动物来，我自己就也有一对了。”

拉特纳代表只是点点头，露出拉特纳人特有的笑容，这种表情并不是真正的笑容，而是承诺他们会在未来某个日子，再送一头来的保证。这个拉特纳人面孔瘦削，眼睛明亮，比一般的兜售商人年轻，他漆黑的唇髭和稀疏的编辫胡须，与苍白的皮肤形成鲜明的对比。

“人们将从前那些大象的死亡，视为对其保护者不利的凶兆。”布连继续道，拉下帽檐遮住眼睛。这顶帽子是技艺精湛的手工制品，同样来自中国人，天青色的丝绸底料上覆盖着牦牛毛毡，绣着黑色与银色的花纹。然而头痛使得他对光线异常敏感，因此布连喜欢它，主要是因为它的帽檐足够宽大。“事实证明，这个凶兆颇为准确，就我的经验而言，这种事情并不经常发生。”

拉特纳人望着棋盘，尽管视线立刻回到了布连身上，但后者还是看见了商人眼中的明悟火花。无论在棋盘上，布连将要遭遇何种命运，这个拉特纳人都有所预见。

“对贵国政局近来的变动，我们一无所知，”他说，“抵达贵地之后，才得知局势不甚稳定，尤其是在昆玛尔这里，所以我们对您的担忧可想而知。”

“我猜也是。”布连说，从妻子手中接过婴儿，好让她遮住胸部。“我期待能够验看你们的货物。”

这句话就像一个信号，拉特纳人起身，他比他的大多数族人，更急于表现出渴望谈拢交易的意愿。布连望向妻子，妻子挑起一侧眉毛，拉特纳人如此不寻常的急切举动，让她觉得困惑。

“我可以帮你节省一点儿时间。”布连摇晃着婴儿，婴儿肚子里的奶水哗啦哗啦直响，他克制住冲动，没有询问拉特纳人对棋盘上的困境有何看法。自从篡夺伯克宝座的控制权以来——他之所以会采取这个举措，是因为他得出结论，政变不但对他本人和他的部落是必须和有利之事，而且非常有可能成功——他拥有的经验仅限于怀疑、流言和反叛。能够安慰他的事，除了睡在树叶搭的帐篷里，就是严格地只和他知道他能击败的对手下棋了。“但肯定不至于这么少。”

“来。”他的妻子说，递出一个银盘，银盘边缘用黄金雕镂着奔马图案。她是罗斯人，有着黄铜色的头发和金色的睫毛。“再来一块甜点？”

拉特纳人坐回毯子上，又拿了一颗用蜂蜜、玫瑰花和杏仁油制作的小球。

“说起来，堡垒里大概人满为患吧。”拉特纳人又望向纵横交错的棋盘。

“都满到房梁了，”伯克说，“多亏了最近的愚人作乱。”

“愚蠢，毫无疑问，甚至是发疯，我的主人，居然集结在一个未经人事的女孩的旗帜下。但一个人恐怕很难想象，穆斯林会喜爱罗斯人给予他们的待遇。”

“那也不是我的意图，”布连说，“只有在邻居贫弱时，帝国才会强大。我的前任过于溺爱那些穆斯林，给了他们许多特权，让他们变得过于强大，鼓励哈里发有了向北的非分之想。另外，他险些把克里米亚拱手让给罗斯人。他几乎所有的政策都有问题，而我犯下的唯一错误，就是没有彻底扫灭他的家族。这个失误，此刻正在得到弥补。我将允许一般的反叛者返回自己的家中和葡萄园——或者是家园的遗址。背信弃义的艾尔西亚人将受到应有的惩罚。”

“多么可悲，”拉特纳人说，“那确实是——请允许我这么说，我的主人——一顶超凡脱俗的帽子。”

布连瞪着拉特纳人，琢磨着除了权力带来的疯狂之外，究竟是什么原因，让他觉得他的宿命不但存在于开阔的大草原上，也存在于宛如棋局的城市生活的泥淖之中。

“我的叔叔感到万分痛惜，我的主人，因为他无法亲自前来觐见您，”拉特纳人说，“但我们都觉得，我应该尽可能快地代替他来这一趟。”他又看了一眼棋盘，踌躇片刻。“有人听说了关于一个非洲巨人的传闻。”

“一个体型庞大的家伙，”布连开始明白了，“堪称奇观。力大无穷，相貌堂堂。而且还很聪明。”他感觉松了一口气，因为他渐渐明白了对方的意图和使命。“很久没有交易奴隶的拉特纳人来阿迪尔了。听说你们已经发誓放弃贩卖人口的生意。”

“消息在我们这些人之中有可能传播得比较慢。”拉特纳人抱歉地说，眼角浮现出狡黠的皱纹。

“算你走运。”

“我可以——不知道我能不能亲眼看一下这个奇观？”

布连还没来得及开口，一名卫兵就走了进来。他鞠了个躬，脸上毫无表情，既不理解，也没有兴趣去理解他即将说出的话。

“囚犯将他的‘士’移到了第十七格，我的主人，并谦恭地给您认输结束这一盘的机会。”

布连发出雷霆般的吼叫，帽子遮住眼睛，在愤怒中，他陷入了光线无法穿透的黑夜，他把婴儿扔在毯子上。幼小的女孩惨叫起来，母亲跟着尖叫，双胞胎望着父亲，就好像他忽然变成了一团烈火。

“他那条命不供出售。”布连说。他抱起婴儿，看也不看就递给了妻子。“但你可以免费观赏他血染黄沙。”

主楼的窗户底下，就在庭院里，曾是历任伯克搭建丰收窝棚的地方，六名全副武装的卫兵看守着非洲人。他上半身赤裸，双手绑在背后，后背上满是鞭笞条痕和鲜血，眼睛直勾勾地望着前方。

十二名木匠扛来了锯开的木板和结实的柱子，用铁锤、铁钉和绳索很快组装出一张宽阔的台子，在顶部的中央两侧安装了两根大木桩。四个马夫牵来马匹，马匹身上装着犁地的挽具。他们亲切地请非洲人躺在两块木桩之间，目的是在马匹拉着他的四肢跑向庭院四角时，固定住他的身体。但事实证明，木桩安装得过于接近，不足以容纳他宽阔的背部。

“这么杀死一个人，真是效率低下得骇人听闻呐！”拉特纳人说。他和布连一起站在俯瞰庭院的凉台上。

“此话怎讲？”布连问。

“我必须承认，他的冒犯委实严重，”拉特纳人说，“但应该还没有严重到让大人无法慈悲为怀、允许我买下他的地步吧。我敢向您保证，他一定会被卖给一位苛刻而难以取悦的主人。”

一名木匠拿起撬棒，开始撬松木桩。

“拉特纳人，你觉得他是哪里冒犯了我呢？”

“背叛。造反。”

“但他并不是哈扎尔汗国的属民。”布连微微一笑，他知道很愚蠢，但能够让这个神秘部落的成员感到困惑，他不禁有点窃喜。“怎么可能背叛我呢？不，惩罚他不是为了这个理由。”

拉特纳人望着非洲人成功地躺了下去，两个木桩分别卡住他的一侧胸腔，两个手腕和两个脚踝分别被紧紧地拴在一匹马的缰绳上。非洲人的表情依旧淡然，他似乎已经跨入了祖灵的世界。但这个过程似乎有某些因素让拉特纳人坐立不安，他的注意力尤其落在一匹马身上，那是一匹罗圈腿的野马杂种，有个突出的大鼻子。

“他下棋赢了你。”拉特纳人的声音里带着令人满意的惊诧。

“胡说，”伯克说，“我下棋从不会输。”

他转向一名卫兵，伸出一只戴着手套的手。卫兵奉上非洲人的巨斧，伯克拿在手里掂量分量。

“你愿意为此付出什么？”他说，“沿着道路向前走，我保证你能卖个好价钱。等我用它把它的前主人开膛破肚，我愿意拿它当礼物送给你。”他翻转斧面，用手指抚摸着斧柄上的如尼文字，“不知道这是什么意思。”

“我可以告诉你。”拉特纳人毫不费力地翻译成流利得令人惊讶的哈扎尔语。他用肩膀顶开布连，一把抓住巨斧，然后跳上凉台的栏杆。还没等布连重新站稳，拉特纳人就喊了一个听起来像是名字的短语，声音像是来自他的灵魂深处:“席勒尔!”

那匹长毛马双足立起，在正把它绑在非洲人右腿上的木匠头上敲出一串节拍，它挣脱缰绳，跑过庭院。就在拉特纳人跳下去之前，他皱起眉头望着布连，像是在考虑什么。片刻之前，布连肯定会认为，他很难体会到比现在更强烈的诧异感了，然而当拉特纳人抢过他那顶刺绣丝帽的时候，他的惊讶又增加了几分。拉特纳人随即跳向虚空。

他跨坐着落在马背上，痛得闷哼一声，然后策马奔向巨人，巨人已经在用他重获自由的那条腿踢绑住右脚的绳索了。拉特纳人绕着台子跑了一大圈，用斧刃砍断绳索，用斧柄打翻木匠。布连终于恢复了足够的神智，下令挡住他们两人，但非洲人已经跳上一匹马，巨斧也重回到了他的手中，拉特纳人一只手抓着布连用来治疗头痛的丝帽，另一只手抢过了一支长枪。两名骑手相向奔跑片刻，然后调转马头，冲向庭院的大门。

此刻布连也跳下了凉台，把一名卫兵从马背上推了下来，自己跳上马冲过庭院，但屋顶上的弓箭手忽然来了一轮齐射，他在混乱中惊惶大叫。跟随他的骑兵勒马停步，一支黑羽箭嗖的一声飞来，插在布连的肩膀上震颤不已。他紧跟非洲人和拉特纳人跑出院门，沿着卵石路面奔向门厅，冰冷而潮湿的空气中，马蹄声久久回荡，非洲人坐骑的铁蹄迸发出火星，照亮朦胧的通道。

布连来到堡垒街上，足以引发偏头痛的阳光直射而下，就在昏昏沉沉跌下马的时候，他看见了他雇来追捕前任伯克的女儿的矮胖逃兵，这家伙一只脚卡在骡子的脚镫里，跟着骡子单足蹦跳。布连从地上爬起身，伸手从背上拔出那支箭，发出令人恶心的噗的一声，疼得他又跪在了地上。

矮胖逃兵被骡子拖过堡垒街，总算爬上骡子，紧随同伴而去，大呼小叫得像个傻子。散开的缠头布在假拉特纳人脑后飘拂，他挥舞着那顶抢来的帽子。非洲人把巨斧挂回背上，策马奔向开阔的大草原和纵横交错的无数道路。

“等着，”哈扎尔汗国的伯克说，痛苦得连自己都觉得惊讶，“等着瞧，你们这些狗杂种。”

CHAPTER

XII

叙述肉体被卖到妓院

“他爱上了一顶帽子。”生命之花说。她在阿姆兰的胳膊底下，皱眉瞪着泽立克曼。

阿姆兰曲肘撑起身体，身体底下的斗篷铺在她的小房间的木地板上，低头欣赏着她。她的皮肤和他的一样黝黑，带着烟熏的光泽，就算她比阿姆兰年轻，但也年轻不到哪儿去。然而话也说回来，这个世界连同它所有的哀痛都比阿姆兰年轻，至少他是这么觉得的。他端详着她眼角和嘴角的皱纹，他在心里对自己说：假如我的妻子还活着，也许现在就会有这么一张面容了。

“就算是真的，”对泽立克曼和帽子的纠缠，阿姆兰已经有点厌倦了，“也肯定不是第一次了。”

此刻是夜晚最深沉的时刻，也是他们寄宿印度天女旅舍的第三个夜晚。这家旅舍由羊毛作坊改建而来，正门开在鲟鱼街旁的一条小巷里，离里海边的码头不远。从狭窄的小窗能看见星空，花园里的黄杨木上有几只秋蝉，屋里某处传来雷贝琴的呜咽乐声，花园尽头有个心碎的妻子或母亲在为街上的死者号哭。风从大草原吹来，像掠夺战利品似的带走了焦臭的气味，气味来自焚烧的城市、焚烧的马鬃和灰泥、焚烧的毛毯和焚烧的桥梁，这座桥连接了左岸哈扎尔人的城市和右岸穆斯林与外来人的城市。

自从流言跨过桥梁传来，称五百名反叛的艾尔西亚骑兵在昆玛尔的院子里被集体处死，逃亡的搭档沉溺于一场又一场的肆意放纵已有两天两夜。陪伴他们的，是十五名娼妓，有男有女，其中有哈努卡的至爱萨拉、老鸨印度天女本人（据说是可汗同父异母的私生姐姐）、一只猫、一只黄鼠狼和一只坏脾气的短尾猿。猴子名叫福图内特斯，这个名字让阿姆兰乐不可支，因为它正是拉丁语里的“泽立克曼”[1]。

“他不喝酒？”生命之花说。

她是一名奴隶，据说祖上来自名叫茨冈[2]的东方流浪民

---

1 泽立克曼（Zelikman）是Seligman的变体之一，原意“快乐”“喜悦”，与福图内特斯（Fortunatus）在拉丁文里的意思相同。

2 即罗姆人（吉普赛人），Atsingani（不可触摸者）是其别称之一。

族，这个民族擅长看手相。阿姆兰对此颇感怀疑，因为他既没有听说过什么茨冈人，也无法相信能够诞生出这么好看的女人的民族，多年来却始终逃过了这个世界的视线。

“他更喜欢烟杆。”

“他也不肯和姑娘们厮混？”

“从不。”

“也不碰小伙子？”

“对。你算是走运的了，”阿姆兰说，“因为他到现在还没有开始给你讲述痘疹是如何把性爱器官变成何等恐怖之物的。”

“请你告诉我，”她说着坐了起来，想看清楚蜷缩着坐在窗框上的泽立克曼，他把帽子在手里翻了一圈又一圈，打量绣线编织出的图案，就好像图案里藏着某个谜语的答案。“这位先生到底是怎么了？”

“他感到懊悔。他觉得悲伤。”

她想了一会儿，然后摇头表示不明白。

“他坠入了爱河，但爱上的也许不是一顶帽子。”

“似乎不太可能。”

“你悲伤吗？内心充满懊悔吗？”

“我已经失去了那个能力。”阿姆兰说。这句话无疑不是事实，但也不完全是谎言。后花园里，黄杨木、黑莓树丛和半野生的葡萄藤之间有一辆运货大车，它从此处还是格鲁吉亚羊毛作坊的时代遗留至今，现在却变成了一堆劈裂、塌陷的烂木头，这是阿姆兰和“奸母者”听到昆玛尔大屠杀消息后的狂怒见证。然而事情已经过去了两天，他不愿再去多想遭到杀害的骑兵队伍和统帅他们的大嘴巴少女。他没有能够保护菲拉克，没有能够守住他对老象夫的承诺，可怜的独眼老头，带着用旧的长剑，脸上永远有一抹冷笑。自从他女儿抱着一篮要洗的衣服，走进勃勃河的芦苇丛一去不返，阿姆兰的整个成年生活就完全与失败为伴。那是黛娜的命运。即将落在菲拉克头上的，也是菲拉克的命运。而失败则属于他；失败，还有命运无法改变这个来之不易的教训。去他妈的。他撩开生命之花面颊上的头发。“假如要我离开你的怀抱，我大概也会非常悲伤。”

“哦，呵。非常好。但你们不能离开。”

“尤其是每个城门都驻扎了一个连队的士兵。”

“既然不能离开，那你们要去哪儿呢？”

阿姆兰想了又想，感觉到了一道通往虚无的裂缝，其中蕴含着一种恐怖的可能性——那就是不存在什么新地方供他去漫游了，他已经在每一个角落寻找过了家园和至亲的影子。

“有了那么一顶帽子，去哪儿还有什么重要的吗？”阿姆兰说。虚假的欢快语气让他皱起了眉头。“泽立克曼，你说呢？”事实上，哪怕他不是正在躲避追捕的逃亡者，哪怕塞满街道的马车没有把暴乱者和城市卫兵的尸体压得吱嘎作响，哪怕一直能够有生命之花的陪伴，由她包扎他的伤口，满足他各种各样的需求，演唱音调奇异的激烈歌谣，而且所有的服务价格都非常合理，阿姆兰的愉悦心情也只能保持一周或一个月。“给那孩子一顶漂亮的帽子和一匹好马，他甚至肯在魔鬼的炉火和烤架上铺床，朋友，你说对不对？”

泽立克曼沉默良久，时间长得足以让阿姆兰躺回提花毛毯上，伸展身体，脑袋搁在生命之花的大腿上，他闭上眼睛，几乎忘记了他曾提过一个问题。

泽立克曼把帽子扔在地上，就好像它也被一把飞刀刺穿了帽顶。

“只是一顶帽子而已。”他最后说，声音迷失在浓厚和冰冷得仿佛故国浓雾般的忧郁之中。

阿姆兰坐起来，一时间既警觉又生气，还有点听天由命，他知道有一件正确的事情需要去做，并且现在非做不可了，哪怕只是为了一劳永逸地解决泽立克曼的烦恼。

“好吧，”他说，“好吧，泽立克曼，你这个该下地狱的家伙，我们去救她。”

他话音刚落，就有人恶狠狠地敲响了楼下沉重的橡木门，做生意的二楼上，年轻男女乱作一团，紧接着，众人听见了老鸨怒气冲冲的吼声。阿姆兰伸手去拔剑。他的搭档从窗台上溜下来，抓起哈努卡用来武装自己的旧弯刀，四天前出发去赎买阿姆兰的自由时，泽立克曼把柳叶刀托付给了住在客栈里的拉特纳人。阿姆兰考虑要不要从窗户跳进花园，但最后取胜的是好奇心，他悄悄下楼摸到楼梯拐弯处。

两名穿铠甲的士兵站在走廊里，正在和老鸨商讨一个少女的命运。少女肤色苍白、身材苗条，裹着一块薄棉布，胳膊肘和膝盖特别显眼，栗红色的头发剪得极短。她耷拉着脑袋，拱着肩膀，一段丝绸绑住手腕。她盯着地面，等待士兵和老鸨商定将她卖给鲟鱼街印度天女妓院的契约，款项将按月以金迪拉姆的形式付给某位绅士——他的名讳不能被提起，此人不久前负过伤，但已经迅速痊愈，伤情的严重性受到了极大的夸张。

士兵离开后，大门很快落锁。老鸨赶走了他们，保证等他们下班后，让她微不足道的妓院里最好的姑娘免费陪他们一个小时。泽立克曼挤过阿姆兰，飞快地走向少女。他站在那里犹豫片刻，上下打量少女，看清了她茫然的眼神和颓丧的姿态。搭档这一刻出乎意料地完全没有平时的冷漠与淡然，而是充满了怜悯和悔恨，阿姆兰不得不转开视线。泽立克曼用弯刀割断丝绸绳索，搂住她的肩膀，没有理会少女的畏缩，而是问她有没有力气爬上两段楼梯，去一个安静的房间，等他处理好她的伤口后，她可以单独待着，也可以让他陪着，总之只要她高兴就行。

刚开始她没有回答，似乎没有听见或理解他的话，阿姆兰有一瞬间担心她的灵魂受到了无法修补的损害。但过了一会儿，她抬起头，脸颊上能看见被男人巴掌打得浮肿的印痕。她看见泽立克曼、阿姆兰、那只猴子以及所有的娼妓都盯着她，就好像神迹从云端坠落，等待着无数种可怕的解读。她抓住泽立克曼保护她的手臂，像是要推开他，但随即改变了主意，她握住泽立克曼的手，点点头。

“我需要你把我拼回原状，”她说，“我要去杀一个人。”

泽立克曼拉着她的手领她上楼，阿姆兰紧随其后，生命之花端来一盆热水和撕成几条的床单布。阿姆兰把斗篷铺在娼妓的草垫床上，他们扶着少女躺下。泽立克曼说治疗伤口需要脱掉她的内衣，自称菲拉克的少女喷发出一连串恶狠狠的哈扎尔脏话，意思是说他该怎么做就怎么做好了。

她的皮肤上满是纵横交错的擦伤和尚未收敛的破口，瘀肿和鞭痕触目惊心。她苍白的大腿上，凝结的几道棕色血污让生命之花发出了怜悯的哀叹。泽立克曼绞干浸水的毛巾，尽可能擦掉她失去童贞的证据和昆玛尔的烂泥污秽。他为她清洗双脚、膝盖和脖子，动作敏捷，沉默不语，其中蕴含的温柔并不会比他对陌生人或马匹表露得更多，换句话说，就是完全没有，实际上根本谈不上温柔；见到少女的瘦弱躯体和累累伤痕，他身为医师的标志性冷静态度似乎反而回来了。

"会有点刺痛。"他对她说，并用手指抠出一块他用脂肪、蜂蜜、草药和香水配置的药膏，草药和香水来自妓院本来就非常紧张的存货。

"很好。"她说。

治疗完毕，他用毛毯裹住她的身体，拿着一个有缺口的陶碗喂她吃东西，半碗豆子和羊肉炖的稀汤下肚，她坐在那儿睡着了。第二天早晨她醒来，一言不发、片刻不停地吃了半个小时，然后她擦净嘴角，要了一条马裤和一件长罩衫，宣布她已经恢复，现在只缺一柄利剑了。

"听见你这么说，我们非常高兴，"阿姆兰说，"但泽立克曼和我讨论过，得出的结论是，在他目前的状态下，你不可能杀死他。他权势滔天，过于强大，保卫森严，武装到了牙齿。菲拉克，我明白你想复仇。我理解并尊重你的冲动。但你不能操之过急，只能等待时机。现在我看得出，你想张开你的大嘴巴，喊出‘懦夫’这个词，因此我必须警告你一句，假如你胆敢对我和我朋友的性格做出如此错误的分析，尽管我不得不承认，那个闷油瓶性格阴沉，喜欢自我怀疑，但他比我认识的任何一个人都要勇敢——当然，除我之外——那么我就只好立刻猛踢你粉红的小屁股了。”

她抱住自己的身体，穿过房间，皮革马裤的裤腿沙沙作响。她走到窄窗前，望着草木茂盛的花园、葡萄藤上锈红色的叶子、铁灰色的天空、不灭火焰的浓烟，过了一会儿，她转身面对阿姆兰和泽立克曼。

“那么我们必须找到办法改变现状。”她说。

“我们也这么认为。”阿姆兰说。

“我们不敢自称我们理解贵国遵循的双重国王制度，”泽立克曼说，“它让我们觉得有点过于复杂了。”

“我觉得是有点愚蠢，”阿姆兰说，“要是我说错了，请您千万纠正我。就我所见，伯克统管整个国家，包括军队和财政；而可汗管理伯克。”

“可汗很少开口，”少女说，“但只要说话就是金口玉言。不容争辩。绝对权威。”

“我们需要见的就是这个人。”阿姆兰说。

CHAPTER

XIII

叙述如何游泳前往位于
世界中心的图书馆

越过一条封冻深度超过长枪枪身的河流，顺着两侧点缀着熊熊火把的大道向前走，驯鹿拉着的皇家雪橇由云母和银金装饰，羊角号的呜呜声、马铃的叮当声和钢铁冰刃的刮擦声在耳畔回响；娇弱的她被父亲偷偷带上小岛，她藏在父亲身旁，散发着浓厚气味的熊皮底下，他的体温和重量抵着她的身体，高挂天空的满月犹如一枚亮闪闪的金币：上次她就是这么过河前往可汗独自居住的堂皇宫殿的。此刻她在漆黑中趁着夜晚的最后一个小时游泳过河，赤身裸体，几乎冻僵，陪伴她的只有两位命中注定要被吊死的盗贼绅士。他们身上涂着牛油，武器捆在背上，衣服被装进涂沥青的气囊系在脖子上，游得上气不接下气。秋天的河水依然湍急，流水比坚冰还要寒冷。她从哈扎尔人聚居区那一侧下水时，险些被惊恐慑服，胸口像是被铁箍勒住，脚踝仿佛系着重锤，麻木像毒药似的钻进肌肉，那是一种致命的听天由命感觉。泽立克曼伸手抓住她，拽着她的手腕、肩膀和头发，咬牙切齿的声音既粗暴又温柔：快游啊，你这个懒骨头的小婊子。

小岛南侧尽头状如希伯来字母“ק”，他们湿淋淋地爬上石砌堤岸，僵硬而踉跄的动作仿佛人工制造的钢铁怪物。他们解开包裹，瘫倒在一棵月桂树投在草地上的阴影里。父亲曾经告诉她，新加冕的可汗必须来到这里跪倒在地，脖子套在丝绸绞索中，听旁边的人念出他将在哪天的哪个时辰回到此处，被绞索送往国王死后的居所。

寒冷让她瑟瑟发抖，她以最快速度穿上衣服，领着阿姆兰和泽立克曼离开那片树林，沿着陡坡走向南边的蜂门。一只孔雀尖声啼叫。河流高歌浅笑。他们能看见右岸焚烧房屋的橘红色炼狱，火光勾勒出一座清真寺宛如黑猫沉睡的轮廓。过了这段陡坡，爬上名叫“蜂梯”的宽阔石阶，他们来到南门前，结实的木门镶嵌在环形墙壁上的拱门里。这个庞然巨物按照拜占庭方式设计，据说坚不可摧，但在多年和平中没有经受过战争或攻城器械的考验。

沉重的橡木大门上开着一个供人进出的小门，穿过这道门需要经过站岗卫兵的关卡。卫兵是六个健壮的科尔基斯[1]人，他们身披黑甲，围绕木门上的小门站岗。他们跺着脚，睁着眼睛睡觉，这些阴沉的山地人早就习惯了沉默和孤独。她在脑海里画出她会采取的路径——假如必须如此，假如能够如此，假如他们允许她这么做：她带着借来的劣等长剑，挥舞武器，转身，直扑，迂回向前，就像皮靴上的鞋带。但她的生命和行为从来都不属于她自己，从她有意识的那一刻前就不属于。因此她把长剑留在鞘里，皱着眉头观察局势；而泽立克曼从头到脚包着黑布，悄悄溜到科尔基斯人背后，一个接一个地，用魔法棉布捂住他们的口鼻。他们跪倒在地，发出清晰可辨的吐气声，就像被诅咒的人终于摆脱魔咒。她跟着阿姆兰走出暗处，不耐烦地看着阿姆兰用“奸母者”的锋刃撬开木门上的小门。

她一直觉得“渎神”这宗罪名是个悖论，因为在她看来，一个能够被凡人话语贬损的神从根本上就不值得尊敬。然而话虽这么说，穿过蜂门走进蜂巷，依然是一项可怖的亵渎大罪，也许是河水的寒意还留在骨头里没有散尽，但走出最初几步的时候，她仍旧不由自主地战栗起来。

1　格鲁吉亚西部的一个地区，曾经是一个王国。希腊神话中阿尔戈英雄到这里寻找金羊毛。

来到下一道门前，一个不知从哪儿冒出来的土库曼巨人吓了他们一跳，他披着一张虎皮，两个虎爪挽成一个结，他手持钢矛扑向阿姆兰。矛尖刺穿填充甲的夹棉，扎在底下的锁子甲上，外甲下的火花仿佛帘幕后闪烁的油灯。她跳上土库曼人的后背，他的头发涂过油，臭烘烘的熏肉味直冲鼻孔，她咬住他的耳朵，口感仿佛盐渍杏肉。她将大拇指插进土库曼人的眼窝，但还没等热乎乎的液体迸发出来，泽立克曼就用散发着怪味的破布捂住了土库曼人的口鼻，他像沙子流出沙漏似的瘫倒在地。

泽立克曼摇摇头，露出责备的表情，她的回应是把嘴里那块耳朵恶狠狠地啐在他脚边，自己继续向前走，脑袋里热血涌动，仿佛能听见激烈的咏唱，脚踝也在微微颤抖。她能感觉到睡魔的绿色触手正在悄然缠绕她意识的门框。她向侧面一歪，肩膀撞在一根石柱上。阿姆兰抓住她，把她扶起来，泽立克曼用冰冷的手指按住她的太阳穴，她顿时清醒过来。但通往可汗住所的剩余路程就仿佛一个冗长的曲折梦境，事后她无论如何也想不起来（或者说清楚），在茫茫黑暗中，只凭借儿时探访宫殿的模糊记忆，迷药和嘴里血腥的铁锈味又让她意识混乱，她是怎么带着两名盗贼准确而迅速地摸到了世界中心的心脏地带。

这里和她记忆中一模一样，和她或任何人的梦境一模一样：圆形砖塔耸立在砖砌的人工小岛上，黑黢黢的护城河风平浪静，砖塔周围是一圈月桂树，位于铺着巨型石板的宽阔庭院中央，这里是阿迪尔城和可汗王宫的正中心。它壮丽而凄凉，仿佛墓碑或石棚，像是某种至尊猛禽的窝巢。最顶上的四面木质凉廊上雕刻着各个方向的图腾动物（鸦、鸽、蜂、鹭），最底下是一道窄门。这里又有四名科尔基斯卫兵，泽立克曼发现他的迷药用完了，两位搭档再次体验到了那种逼人发疯的束缚感，身为她的所谓“护卫”——因为她已经暴露了女性的身份，虽说这位女性会暴躁地咬掉一条壮汉的耳朵——为了跨过这道门，他们只得勉为其难地挥动斧柄和剑身，以令人难忘之姿展示拳头和皮靴的正确用法。

一场骚乱自然不可避免。他们像代达洛斯的蚂蚁穿过海螺似的爬上错综复杂的楼梯，走进阿迪尔城最高的一个房间，这时可汗已经起身，站在那里等待他们。他面带一丝冷淡的微笑，就仿佛从搭档和少女在客栈见面那一刻起到此刻的整个冒险、所有的屠杀和争斗都是事先安排好的戏码，至少也全在这个高大而肥胖的男人的预料之中。他的头发和胡须修剪得很短，坑坑洼洼的下巴上堆着好几层肥肉，眼神是那么哀伤、温柔和怜悯。她无法和他对视。

“小老鼠。”他说。

哀伤堵塞了她的胸膛和喉咙，就好像河流终于攥紧了它那双冰冷的铁手。可汗摊开双手，掌心向上举起，仿佛在看有没有下雨。他在等待她。尽管三十年来没有人触碰过他，甚至直视他的眼睛，但她还是扑进了他的怀里，他犹豫片刻，也把一切律法抛在了脑后，生硬地搂住她，悄声呼唤她的名字，全世界所有的男男女女里，只有她哥哥才知道这个名字。

过了一会儿——久得超过了他们能够耽搁的时间——她总算控制住情绪，停止哭泣，拔出长剑，用剑尖指着他脖子上的一重下巴。

“不是布连死就是你死。”她大声宣布。

“就不能有点野心吗，小老鼠？”可汗没有看那柄剑，而是望着她的眼睛。“为什么只能选一样？”

“姑娘，”阿姆兰说，“放下你的剑。”

她用剑尖在可汗的腹部比划了一下，然后把剑插回斜挎在背后的剑鞘里。泽立克曼背对着另外三个人，沿着摆满全开本书籍和卷轴的长架向前走，手指在身体两侧动个不停，像是急不可耐地想伸手触碰它们。他显然对他们的商讨毫无兴趣，也无意理会与拜占庭皇帝、法兰克国王和巴格达哈里发地位相当的王公之一。

“我们被盯上了，”她说，“正在被追杀。”

“我知道。”可汗说。

“我失去了一切。”

“我知道，小老鼠。”

他指了指房间里唯一的座位，一张盖着斑点马皮的矮躺椅。她摇摇头。

“这两位是……”

“没有任何东西可失去的先生？”他用神圣语言说，“阿姆兰，对不对？一位阿比西尼亚人。非常荣幸。我还从来没有面对面见过非洲人呢。我知道你曾为我的兄弟皇帝的军队效过力。你身上的那把斧头，我听过很多它的传闻。”阿姆兰摸了摸额头。“告诉我，你有没有用它抹过某位王公的脖子。”

阿姆兰摇了摇他头发灰白的脑袋。“只有一个微不足道的，”他说，“一个小可汗，也可能两个。”

这个消息让可汗面露喜色。他转向泽立克曼，用某种异族语言轻轻地说了一句话。泽立克曼用同一种语言轻快地回答，他猛然转身，黄色额发随之飘飞。他呆呆地站了一会儿，目瞪口呆地望着可汗。他摘掉漂亮的刺绣帽子，深深鞠躬。

可汗用泽立克曼那常人难以想象的母语和他聊了一会儿，她觉得这种喉音浓重的语言似乎同时用舌尖和舌根发音，嘴唇既抿紧又张开。可汗走到书架前，取下一本羊皮纸大书，递给泽立克曼。

“亚历山大·特拉里亚纳斯的《尿论》！”泽立克曼说，“但已经佚失了啊！”

“这是个残本。”

泽立克曼虔诚地捧着这本书，放在读经台上，一页一页慢慢翻动。她估计他们将有很长一段时间不会听见他说话了。

“所以你知道很多事情，”阿姆兰说，“你知道这个姑娘想要什么和她该怎么实现吗？”

“这要看了。小老鼠，你想当伯克吗？”

她摇摇头。“我知道不可能，”她说，“所以我心里根本没有过这个念头。我当不了。但我哥哥可以。阿勒普。我无论如何都想把布连赶下三脚座，把位置留给阿勒普，直到我们赎回他或他被释放。然后我们要向罗斯人复仇。一个女人也许不能当伯克，但据我所知，没有法律禁止她成为一名答剌罕[1]。我已经证明了我可以率领士兵征战。”

“你哥哥，”可汗说，“阿勒普。唉，这件事情我也略知一二。”

“他没死，”她说，“不，没有，他还活着。”

“罗斯人抵达杰尔宾特后，遭遇了一场瘟疫，”可汗说，“瘟疫也可能是他们在南方一路劫掠而得的战利品。甚至有可能本来就是他们从北方带来的。我说不准。总之，这种疾病会藏在身体里，就像埋在斗篷褶皱里的毛刺，隐匿几天、几周甚至几个月，然后忽然爆发。”

菲拉克想起了今年夏天最后一次见到哥哥时，他的样子：高挑，瘦削，温柔地对停在手臂上的猎隼说话，纵马在家族牧场打猎，驰骋于山中的悬铃木、雪松和野生葡萄藤之间。她转开视线，不让其他人看见她的眼泪，却看见了一个木雕的鎏金阅读架，小时候曾经深深迷住了她的伊本·胡尔达兹比赫著作就放在上面：那些精致的地图、非同寻常的剖析、对奇迹和美景的直接描述，一页又一页的城市和居民等待她去探访和在其中生活，无数的自我等待她去发现，它们存在于她的世界之外，存在于无尽道路上

1 统兵武将。

的无数国度之中。

“我会帮助你，”可汗说，“因为我喜爱你的父亲，至少喜爱到一定的程度，更重要的是，我一向喜爱你。现在我已经不可能帮助你哥哥了，尤其不可能扶他坐上三脚座。但我能够命令布连退位。我是汗位的囚徒。尽管他只是被迫承认我的地位，但他依然必须听从我的命令。”

“那个人屠杀了这个女孩的全家，”阿姆兰说，“处决了五百位汗国最精良的士兵，冷血地抹去了他们的生命。这些事情我就不必提醒你了吧？”

“当然。”可汗说。

“然而我觉得，他很可能只会以最符合他利益的方式做事，”非洲人说，“无论你给他下什么样的命令。”

“伯克不能违背可汗的意愿。”

“这是真的，”少女对阿姆兰说，“我们的历史上时常有革命、政变和内战，但这种事绝对不可能发生。”

“他没有理会你的休战旗帜。”泽立克曼说。

“是的，但我还是认为他会下台，”可汗说，“宫廷生活不像布连想象中的那样有吸引力。然而，各位要明白，你们首先要说服我命令他退位。”

“我们要怎么做才能让你下令呢？”泽立克曼说。

“其实非常简单，”可汗说，“我只想要你们杀了我。”

沉默随即降临。两位搭档摸着下巴，无言地讨论片刻。少女在圆形房间里走来走去，东看看西摸摸，想再看一眼她钟爱的那本大书，但又害怕看了之后，她将无法忍受命运为她选择的这个卑微自我。

“我们能做到。”阿姆兰对可汗说。

“真的？”泽立克曼的态度与其说是惊讶，不如说是被搭档没说完的话勾起了兴趣。

“当然。我已经舍身在棋盘上击败了一次布连，怎么可能放过再击败他一次的机会呢？”

CHAPTER

XIV

叙述士兵履行可悲的职责，处理王权争斗留下的烂摊子

卫兵——有的东歪西倒，有的没脸见人，有的缺了半只耳朵——急匆匆地互相通报情况之后，叫醒了一位年长的文德男仆，请他去塔楼里搞清楚最可怕的情况有没有发生。这位文德人既盲又哑，但知道室内应该有什么气味和主人的身体能发出哪些味道，他对圆形房间里的回声了如指掌，走进来就听得出哪些书籍被搬离了原位。此刻他敏锐的鼻子同时闻到了河水那讨厌的咸味和一丝淡淡的玫瑰油香味。他用双手捂住脸，瘫坐在地板上，对着覆盖斑点马皮的躺椅，默不作声地开始哭泣。他出生于一个奴隶家庭，生下来就受到束缚，他的一生都不自由，然而就此而言，他并不认为自己的际遇比一般人差到了哪儿去，他的主人也不例外。主人是一位苛刻神祇的奴隶，和文德人一样，在这个偏远的地方接受奴役。

过了一会儿，文德人爬起来，用袖子擦干净脸，考虑了一番手头活计的方法、可行性和规模。他拉起地上的大不里士地毯，轻声道歉之后，盖在躺椅承载的那堆散发着水仙苦味的沉默肉体上。他将地毯的一角掖在主人靠近他的一侧身体底下，动作小心翼翼，甚至不让指甲擦过皮肤，否则主人那被打扰的复仇阴魂就会永远在文德先祖的雾遮故土纠缠他。他将沉重的肉体搬到地面上，用大不里士地毯裹住死去可汗的尸体，头脚两端各留出很长的一截，方便士兵搬运。

士兵们将尸体抬下螺旋楼梯，文德人慢慢地爬向塔楼的最高处，胳膊底下夹着一个皮革袋子。来到塔顶，他迎风站住，取出绘着一个红色如尼文字的白色三角旗，他展开旗帜，挂在汗国的枝状烛台旗底下。灰色的天空底下，今年的第一簇雪花刚开始飘飞，消息就传播了出去：撒迦利亚，哈扎尔人的可汗，在一场邪恶的刺杀中魂归天国。

夜里早些时候，主人的急切铃声唤醒了忠诚的文德人，可汗要文德人将一份手书法令的三份密封抄本，从塔楼送到信使的住处，让信使立刻送给伯克、政务卿和阿迪尔城的大拉比。两名信使前往政务卿居住的中央军营和大拉比的住处，交付信件后，很快就回到了王宫的宿舍里。第三名信使应该将即刻退位的命令送到布连手中，他的任务却艰难得多。他在阿迪尔最南端名叫凯泽尔的红色山丘上找到了布连，但时间已近黎明后的第三个小时，这时布连已经有了其他的顾虑。

伴着第一缕晨光，三个形色各异的人抬着可汗的尸体（它已经确凿无疑地呈现出了不该属于尸体的活动迹象），走进一个泉水冷藏间，它旁边是王宫极少使用的一道门，传统上只有尸体和处理尸体的殡葬师才走这道门。就在这时，凯泽尔丘顶的哨兵看见光暗明灭的灰色地平线上出现了一些零散的黑点。黑点刚开始几乎一动不动地载浮载沉，就像乳草编的软垫，它们划破水面，靠近岸边，掀起了迟缓的波浪。黑点渐渐生出翅膀，贪婪地朝着阿迪尔城伸展黄铜长颈，仿佛鳗鱼从潮水坑游向礁石上搁浅的猎物。大船鼓起风帆，以桅杆为轴摆动，在北风的推动下画着之字形前进。黎明后的第三个小时，气喘吁吁的信使终于找到伯克，将密封的命令交给他，这时候二十四艘长船正绕着海岬回转，布连站在海岬的最高处，正在看北地人的船是否打算继续前进，凯泽尔、河流两岸和城墙上观望的居民都衷心希望确实如此。可汗去世的消息在王宫挂起白旗后就迅速传遍了全城，各种各样皇家风格的流言随之而来，声称应该为此负责的是罗斯人、穆斯林或伯克。

布连正在思考这是不是他想要的结果，顺手撕开撒迦利亚最后一道命令上的封印。他仔细读完信件，没有表露出任何兴趣或不安。他转向站在身旁的副手，身穿锁子甲的弓箭手统领。

“给那些船打信号。”他对副手说，示意书记员拿写字板和铁笔过来。“我想和朗纳尔谈一谈，假如他还是他们的首领。”他拿起铁笔，在写字板的蜡层上写下一串如尼文字，动作中的急切背叛了冷静的表情。“假如他已经不是了，那就交给现在攥着这群黄狗的皮绳的人。”他将写字板还给书记员，对他说，“交给我妻子。”他骑上马背，下坡跑向里海岸边的码头。

在仲夏时节，浩大的船队从北方的海湾出发，在布连完全的赞同和支持下，去哈扎尔汗国南部的穆斯林城市劫掠发财，此刻终于回到了他们称之为伏尔加河的这条河流的入海口。北地人满载金钱和荣誉归来，但瘟疫、战斗和骇人听闻的狂欢滥饮减少了他们的人数。就在这个时候，哈扎尔大军赶回阿迪尔的漫长归乡旅程也同样行将结束。他们攻克了三个克里米亚城市，将城中的人口重新拉回七灯烛台的旗帜下，却不得不放弃他们在克里米亚镇压反叛活动的任务，被布连的紧急调令召唤归国：穆斯林造反，一名少年将领率领着农夫军队向南而来，北方的城市像处女般纷纷拜倒在他脚下。尽管探子已经带来叛军崩溃的消息，但看不到任何骚乱迹象依然让克里米亚远征军的答剌罕吃了一惊，此刻他策马跑下山丘，沿着向东的道路，奔向城市。阿迪尔周围是一整片寂静的荒原，点缀着银色的沼泽和绿色的树丛，连个人类或马匹影子都找不到。他看见一股股黑烟从哈扎尔人那一侧的城区升起，那肯定是探子报告过的骚乱的遗迹，然而黑烟不但数量稀少，而且颜色也很淡。除非叛军已经控制住阿迪尔并平息了骚乱，否则他的军队恐怕就派不上用场了，这一场疯狂的归乡行军穿越了上百里格的森林、沙漠和草原，结果却徒劳无功，这次远征的开头和结尾都一无所获。雪花懒洋洋地盘旋坠落，成条成片地堆积在平地上。过去一周，他急切而暴躁地驱赶部队行军，到头来却是那么毫无意义，雪花既像是空洞感的化身，又增强了这种感觉。政治、怯懦和上层的腐朽争斗毁坏了一场远征，答剌罕还怀有老兵那种浪漫的悲观情怀，从骨子里觉得失去的好机会将再也不会出现在哈扎尔人面前了。一个帝国丧失了追求宏大的冒险事业的意志力，恐怕已经无可救药。

副官回来报信，打断了他忧郁的沉思，保加利亚人从队伍最前面跑回来，绷紧的阔脸说明他有话要说。

“一个篷车队，”副官说，“看起来像是拉特纳人。”

前方四分之一里格处，路终于离开山丘地带，来到阿迪尔的平原上，一支由简朴的马匹和篷车构成的队伍和远征军纠缠在了一起。答剌罕跳下马，走向领头的拉特纳马车，这个庞然大物由沉重的木料搭成，榫接的轮子几乎和答剌罕一样高。拉车的是两组体型巨大的强壮公牛，毛发蓬乱得像是野牛。驾车的年轻商人笑得傻乎乎的。他的一边是个脸如牛皮的老木乃伊，瘦削而黝黑，鹰隼的眼睛也比他那双眼睛仁慈。他的另一边是个胖大的拉特纳人，散发着难以言喻的帝王气概，宛如布丁的脸上洋溢着自得和喜悦。答剌罕立刻怀疑起了车队是不是在走私或逃税，但很快就打消了顾虑，因为他知道拉特纳商人绝对不会做这种毁坏名声的事情。他紧接着想到，这种欢天喜地的傲慢风度本身会不会也是一种逃避手段，于是命令卸下车厢里的所有东西，根据装运单据和阿迪尔海关的完税证明一一核对。

“阁下无疑会发现我们的文书完全合乎规矩，”老木乃伊说，“尽管考虑到今天早晨王宫里的那场骚乱，我们能够得到它们也称得上是一项壮举了。”

就这样，答剌罕和他的军队得知了可汗去世的消息。他命令士兵下马，面对王宫列队，他们跪倒时的声音，仿佛风吹过浓密的草丛，皮甲吱嘎作响，五体投地趴在半冰冻的硬土地上。

“实在令人伤心，”大胖子拉特纳人悲哀地晃了晃他的脑袋，“一场真正的悲剧。”

答剌罕下令原地休息，他生了一堆篝火，请商人围绕篝火坐下。他长时间地盘问他们，但焦急和惶惑冲昏了他的头脑，他没有能够注意到对方提供消息、推测和无根传言时，说话风格不太适当，也不怎么符合拉特纳人的性格。雪花落进篝火，嘶嘶声像一场永不结束的嘲讽合唱，士兵、马车和黄杨树的飒飒树叶上的积雪越来越厚，拉特纳人说完了他们目睹的罗斯人走狗和马屁精布连犯下的叛国暴行，答剌罕发现他不得不面对一个棘手的难题：接下来该怎么办。尽管他蔑视政治，对政治多有误解，但他早就习惯了在政治的泥淖中行走，就像发动进攻时，必须蹚过脚下流淌成河的血污。艾尔西亚人遭到屠杀的消息，已经在远征军中悄悄流传，因为他的军队里有许多穆斯林骑兵。叛国，弑君，谋反；一周的急行军，抛下一座克里米亚城市在异教徒的手中腐烂。另一方面，体型庞大如野牛的拉特纳人殷勤地提出建议，恕我直言——就好像这绝对不是将领史上最令人生厌的结论——整个可汗国的命运似乎就掌握在您强有力的双手中了。

“那是谁？”老木乃伊说，缓缓起身。答剌罕转过身，看见三个人骑着马从城市的方向而来。其中有一个年轻男人，他穿着厚实的绑腿、夹棉的希腊长衫和脏兮兮的皮甲——罗斯人喜欢穿的那种皮甲——但面容和绿眼睛无疑属于哈扎尔人。另外两个是一个黑种巨人和一个肤色苍白的瘦子，身穿破破烂烂的铠甲和旧衣服。将军看懂了大个子的眼神，他在从专业角度评估他们的人数、武器和士气，但没有暴露哪怕一丝结论。瘦子只是投来礼貌的轻蔑目光，就好像他觉得军队根本就是个无聊的概念。年轻男人骑马来到答剌罕面前，将军伸手去拔剑。那双绿眼睛搅起了答剌罕内心的一段记忆，他想起了巴兰札尔之战前夕的黎明，椴树花的香味逼得人发疯，他们所在的草场旁是一道深沟，深沟底下隐约传来河流奔腾的隆隆声，绿眼睛的伯克用赞颂先祖科尔库特的歌谣鼓励麾下的指挥官们。他松开了剑柄。

“你认识我。”年轻人说。

“我认识你。”答剌罕说，但没有完全信服。

“你把我抱上你的膝头，乔潘，”年轻人说，“你讲了一个与名字由来有关的故事，阿勒普和野狼。你给了我一把牛角弓，记得吗？我和我的朋友挣脱了将我们绑在罗斯人划船凳上的铁链，溯河而上来寻找你。”

“为了什么目的？”

“得到这支军队的指挥权，”年轻人说，“为布连犯下的所有罪行复仇。”

在阿普勒的声音里，将军听见了他无法完全信服的东西，但从他的脸上，将军看见了他想要相信的东西。他从年轻人熟悉的视线中转过去，望向他的军队，士兵们已经起身，站在那里望着将军和那个没毛年轻人之间上演的这一幕。年轻人板着一张阴沉的脸，故作冷淡。他们想多活一天的欲望，或许胜过了对战斗的渴望，但若是给后者加上他们对无所事事的厌恶，天平就不可避免地倾斜了。就将军而言，他只想痛痛快快地锤炼心脏和右臂，把信任与信心、顾虑与欲望的问题全扔给别人，他们爱怎么处理就怎么处理，士兵、将军或帝国的衰亡与他何干？

“我必须坦白，你的提议勾起了我的兴趣，更不用说你的胆大妄为了，”答剌罕说，“但我同样有义务指出一点，那把弓是白蜡木的，不是牛角。”

年轻人愣住了。瘦削苍白的骑手对着拳头咳嗽，尽量掩饰他的笑容，可惜不怎么成功。巨人的马原地转圈，若是不小心碰到绿眼青年的坐骑，或许能将他从僵局中解救出来。

“是我的错。”年轻人说。

CHAPTER

XV

叙述伴随着暴力和神恩，

再次上路走向宿命

弓箭手的队长，哈扎尔军队中的一名副将，为七灯烛台旗效力已有十五年，过去这半天他一直在苦苦纠结，站立的重心在两只脚之间换来换去，一会儿揪胡子，一会儿抓手套的指节。他曾经宣誓向战争国王效忠，古老的誓言拥有强大的约束力，即便生杀大权的掌握者大势已去，正在和一个野蛮而傲慢的罗斯屠夫讨价还价，恳求劫掠生涯只给他留下半张脸的老家伙保证布连家族的安全，队长依然不能违背誓言。

在接下来的年月里，北地人那些贪婪而好斗的神祇是更鼓励他们从事商业还是屠戮，将成为一个争论焦点，然而在弓箭手的队长看来，这两者是一对互补的天赋。两个人商量了一个又一个小时，伯克和妻子站在他身旁，孩子们有的尖声哭喊，有的傻乎乎地望着罗斯人。北地人沿着栈桥展开队形，仿佛一座座身穿血染罩衫的白色肉山，催促“半张脸”朗纳尔把油水充足的哈扎尔汗国掀个底朝天，摇出它口袋里的最后一枚迪拉姆。他们周围，布连的奴隶，排成长长的队伍从昆玛尔下来，抱着或拎着成袋的金银珠宝、象牙绸缎和香料香木，它们是布连及其全家的逃命费用。罗斯人用小船将战利品送上大船，然后划着小船回来，气喘吁吁，满脸狞笑，索要更多的财富。弓箭手的队长焦躁不安，咳嗽着朝手下翻白眼，仿佛在说，这样的贪欲和不知羞耻，是人性中不可避免但微不足道的一面，就好比娶老婆必须接受她的长舌，然而与此同时，他觉得有一根名叫激愤的炽热长针正在肚子里插来插去。他向他的复仇之神耶和华祈祷，请求祂降下正义的雷霆，击倒斜眼的罗斯酋首，或者至少叫这个狗杂种快点满足，替哈扎尔汗国永远除掉怯懦的污点、北地人的臭味和破坏秩序的篡位者布连。队长看见奴隶牵着新来的大象走向岸边，感觉到厌恶的情绪淹没了他部下那些强壮的弓箭手，这时候他知道祈祷已经不足以释放内心的烦闷和义愤了。他重重地戴上头盔，清了清喉咙，一只手握住大马士革短剑的剑柄，大步流星地走向自称伯克但怎么看都像个破产无赖的男人，他垂下视线，嗓音清澈，但服从命令的常年习惯依然影响了他的举止，他说："恕我冒犯，尊敬的布连，但我必须逮捕你了。"

北地人立刻都站了起来，刀剑出鞘，对着他们的利斧迫不及待地说一些承诺话语。他们至少有两百人，尽管传闻说他们是一群随波逐流的疲惫酒鬼，但此刻拥有了帝王的财富，一头大象和浴血厮杀的机会就摆在眼前，他们顿时变得精神抖擞、欣喜若狂。弓箭手队长有二十名部下，过近的距离削弱了他们的射击技能，随身携带的匕首不太趁手。城墙上还有一支弓箭手的队伍，都是技艺精湛的高手，对罗斯人抢走大象的暴行义愤填膺，但隔着一箭的遥远距离，他们把握局势的能力无疑很受限制。另一方面，伯克的私人保镖，几个厚脑壳的科尔基亚人怒目圆睁，他们的心意不可动摇，忠诚只献给雇主一个人。

"必须吗？"布连心不在焉地说，望着高贵的老象迈开雌性的碎步，晃晃悠悠地走下坡道，厚如壮汉手腕的锯木板发出像敲锣似的震响。队长上次见到这头巨兽时，它披着盛装，涂画得像是狂欢节上的娼妓，但此刻它什么都没穿，袒露着疤痕累累的灰色身躯，气质雍容，庞大的肌肉在皮肤下移动，充满了力量感。队长觉得汗国的古老和强盛仿佛附在了它的身上——它从堤岸走向等待它的驳船，驳船将沿河而上，把它送往北地人的老家，它肯定会在寒冷和黑暗中凋亡，而帝国也将如此衰落。“但你打算怎么做呢？”

话音未落，布连就抽出短剑，队长还没来得及后退或转身，他就将短剑刺进了队长腋下暴露在外的柔弱区域。刚开始没有疼痛，只有炽热和布连咬牙切齿呼出的恶臭气息，还有难以忍耐的悲哀，队长跌坐在码头上，一个北地人哈哈大笑，这时他才感觉到了疼痛。队长曾经在东南方遥远的印度见过嗜血猿猴成群结队地劫掠村庄，此刻沸反盈天的罗斯人像极了它们，他的部下纷纷拔出匕首，队长闭上了眼睛。羊角号的号声忽然吹响，护送或宣告他的辞世，队长不禁大吃一惊，他觉得这未免有点过于浮夸，随后而来的寂静更符合他的期待。他睁开眼睛，看见他的部下手持匕首严阵以待，北地人肩膀贴肩膀地挤成一团，愠怒的眼神像是淘气的孩子被当场逮到。岸边方向传来了马镫、盔甲和挽具碰撞的清脆响声，叮叮当当的声音响个没完，宛如钟琴奏出的战歌。他转过身，看见了一支军队：那支军队，他的军队。骑兵和步兵像波浪似的滚滚而来，他们登上堤岸，占据了栈桥和城墙之间的每一寸空间。在他们当中，在队伍的最前面，一个瘦削的年轻人骑在马上，他昂着头，嘴角饱含蔑视。

他纵马走下坡道，经过母象时，抬起手爱抚它的侧腹。他在弓箭手的队长身旁勒马停下，低头望着队长，俊秀的年轻男人喘着粗气，像是即将第一次浴血厮杀的新兵。

“你还好吧？”他对队长说。

“我大概要死了。”弓箭手的队长说，见到年轻人让他心怀感激，就仿佛喝了一杯沁凉的清水。年轻人确实扔了一个水袋给他，同时庄重地点点头。他跳下马背，冲向篡位者布连，既不出声警告也没有使出任何剑法，抡起剑像斧头似的砍了下去。这一招过于低劣，布连是同辈甚至他这一代最优秀的剑手之一，他轻而易举地躲过进攻，向侧面迈出一步。长剑呼啸而下，嵌在了栈桥的木板里，发出难听的嘣的一声，年轻人挣扎着从硬木板中拔剑，而布连跳上前去，惊奇地盯着年轻人的面容。他一把抓住年轻人，用两条长臂抱住他，做了一件让队长大惊失色的奇怪事情，那天下午码头上每一个有灵魂的动物和人类恐怕都有同感：他使劲闻了闻年轻人的身体。

“是你。”他说，不知是惊愕还是喜悦。年轻人使劲挣扎，又踢又扭，转头用牙齿去咬布连，但篡位者毫不费力地制住了他。他假笑一声，笑声里充满了真正的怨毒，他扭头对一动不动站在岸边观望的军队喊道，“这就是你们的新伯克?”他拔出匕首，抵着年轻人柔嫩的喉咙。“这不是什么伯克，而是一个伯克的母亲。她肚子里带着我的种呢!”

匕首一闪，他举起手臂。但手臂再也没有能够落下。一根粗壮的灰色肉藤蜿蜒而下，攥紧了他的手腕，将布连提到半空中，像罗斯人在典礼上举起一罐葡萄酒痛饮似的，然后狠狠地摔在码头上。布连身体里的空气被挤了出来，骨骼折断的声音传遍全场，他躺在地上无法动弹，此刻还在移动和发出声音的只有滔滔江水。布连的妻子尖叫起来，因为老象用长鼻卷住布连的脚踝，再次将他拎上半空，然后重重地砸在地上，以确保头骨和脊椎统统断裂。老象似乎很喜欢这么做，于是又重复了几次，弓箭手的队长总算从那堆混着皮革的肉泥上转开视线，看见一身黑衣的瘦麻杆出现在布连的双胞胎女儿背后，修长的白皙手指遮住她们的眼睛。老象终于失去兴趣或者动了恻隐之心，它拖着破烂不堪的尸体走过码头，在地上拖出一条血痕，将尸体放在布连的遗孀脚下，动作非常温柔，在感性的人看来甚至带着一丝抱歉。

年轻人颤颤巍巍地起身，高举长剑，慢慢转身，一圈又一圈。此时罗斯人正连滚带爬地跳上为大象准备的驳船，表现出了出奇的敏捷，甚至还有一些怯懦。年轻人指着“半张脸”朗纳尔，后者在匆忙逃跑时被几捆精致的蓝色中国丝绸绊倒在地，追赶他的是个高大强壮的男人，他肤色犹如生锈的青铜，头发灰白但手脚敏捷。他抓住罗斯人的酋首，拖回年轻人面前。

“你是谁？”朗纳尔说。

“我是阿勒普。”年轻人说。弓箭手的队长也认出了他，年轻人母族的锐利碧眼让他想起了他参加过的某场阅兵式或某次护卫任务。

“你不是阿勒普，”朗纳尔说，“你很像他。但阿勒普已经死了，他被锁在划桨的长凳上，趴在我那艘船的船舷上呕血而死。”

年轻人伸手去拔剑，但瘦麻杆陡然伸出苍白的大手，握住了年轻人的手腕。

“够了。”他说。

“你会死得非常痛苦，”黑皮肤的巨人说，“除非你归还你沿途从海岸上劫掠的财富。”

巨人按着他跪下，朗纳尔低下头，油腻腻的黄色发辫垂到脸颊两侧。他抬起头，眼睛里闪着商人的狡猾光芒，半张脸上露出诡异的笑容，他的视线从苍白男人转向黑肤巨人。

"好一对骗子!"他敬佩地说。"两个盗贼绅士，谋取了一个王国！你们是谁?"

然而，即便有人回答了这个问题，弓箭手的队长也永远听不见了。

那天晚上，泽立克曼和阿姆兰在鲟鱼街的旅舍迎接安息日，陪伴他们的有哈努卡、萨拉和生命之花，还有几个觉得与其满足男人欲望还不如尊重习俗的异教娼妓。男人和女人蒙住头部，用双手挡住脸，赞美光明。等到蜡烛烧尽，夜晚的第一批顾客——外国人、水手、基督徒和叛道者——来到妓院，阿姆兰拉着生命之花钻进一间卧室。其他人纷纷从桌旁起身，掀开门帘出去做事，只留下泽立克曼和哈努卡两个人。

"你打算去哪儿?"哈努卡说。

"建议我们试一试从黑海到高加索那条路的伟大贤者正是在下，"泽立克曼说，"这次轮到他拿主意了。"

"我跟你们走。"哈努卡说，揪着他肥厚的下巴，像是在用这个念头考验自己。

泽立克曼伸手拍拍他的大腿。"还有个女人等你赎呢。"他说。

"但我没有钱去赎她。"

“跟我来。”泽立克曼说。他们沿着公共休息室背后的曲折过道，走进一个小房间，这个房间比厕所大不了多少，泽立克曼打算在这里过夜，他不愿糟蹋自己的忧郁心情，也不希望毁了阿姆兰的快乐。他打开一个皮袋，取出一包钱币，里面有斯库多金币，也有希腊银币，这是他为哈扎尔汗国的新伯克效力而得到的近一半酬劳。他把钱币递给哈努卡。

“我估计她值不了这里的一半，”他恼怒地说，“现在给我滚吧，让我一个人待着。我想生会儿闷气。”

哈努卡拥抱他、亲吻他，呼吸里带着酒味，外露的情感让泽立克曼感到烦恼，他踹了一脚小个子强盗的屁股，打发他快点滚蛋。泽立克曼跪在床边的地板上，花了一个小时盘点草药和配制药剂。他想着遥远的雷根斯堡的石砌建筑和浓雾，想着住在那里的父亲，想着父亲会怎么理解他那封可怜巴巴、发自肺腑甚至过度华丽的道歉及悔过信，会有什么样的反应——这封信是老拉特纳人强迫泽立克曼写的，以此充当先允许他、后允许可汗冒充拉特纳人的酬劳。收拾好他的行李后，他取出烟杆和最后一坨烟膏，呆坐良久，听着狗叫和雷贝琴的琮琤乐声，那声音在雪天里显得是那么黯淡和悲伤。燧石和打火石拿在手中，正要点火的时候，他听见门外响起了脚步声。他伸手去抓柳叶刀，但还没握住剑柄，她就钻进了房间。她穿着女装来见他，身穿羊毛长裙和羊毛外套，兜帽内垫着斑点毛皮。她的睫毛和毛皮衬里上落着雪花，身上散发出落雪的铁锈味。他站起身，两人对视片刻，然后立刻拥到了一起，仿佛要在敌人或多疑的家庭女教师到来前，偷偷拥抱一下。

“我从没吻过女人。”他们分开时，他坦白道。

“男人呢？”

他摇摇头。

“现在你一次就完成了两个目标，”她说，“何等的伟绩。”

“我想邀请你分享我的床铺，”泽立克曼说，“虽说这张床很简陋，而且连我自己躺上去都有点费劲。”

“我的要求标准非常低，”她说，“我能够答应你，或许就足以弥补你没有任何技巧的事实了。”

“我明白。”他说。

他们脱掉衣服，钻到薄薄的毯子底下，在黑暗中用两人制造出的小小欲火暖手。他证实了她确实从各方面而言都是一个女人。虽说第一次结束得过于迅速，但两人暂时都还算满意。

“你们要去非洲吗？”她问。

“也许吧，”泽立克曼说，“菲拉克，和我们一起走吧！和我一起走。走遍大小道路，游览每一个王国。”他再次抱住她，这次比第一次尝试有所进步。她爱抚他的头发，摸着他的脸颊和他已经剃掉了的、冒充拉特纳人时编成辫子的胡须。

“这不是我的真名，”她说，“菲拉克。”

“你愿意告诉我你的真名吗？”

“除非你保证不再求我和你一起走。”她说。

“我保证。”

她停顿片刻，像是在营造戏剧效果，然后望着他的双眼。

“我叫阿勒普，”她说，“我是哈扎尔汗国的伯克和可汗。”

他感到失望，随即又意识到感到失望是多么愚蠢，他像对待失去了挥发性的药酒一样把这个念头推到脑后。

“哦呵，”他说，“伯克和可汗。”

“目前的政体已经变得过于笨重。”

“骗子！”泽立克曼说。再次亲吻她的时候，他知道再也不会有人像对待一个女人那样爱抚她了。“你谋取了一个王国。”

泽立克曼在清晨醒来时，她已经离开了，也带走了她的真名。他出门去叫阿姆兰，但他的搭档早就摆脱了生命之花温暖的被窝，正在院子里等待他。阿姆兰身披狼皮斗篷，马匹吐出的白气包围着他。他跺着脚，抱怨说寒气渗进了骨髓，他年纪太大，已经不适合做爱和冒险，更不适合拖着他的非洲老屁股跑过半个世界找什么大象。

“那你想留下吗？”泽立克曼说，抬头望着石墙上的小小高窗，生命之花靠在窗口，一只手托着下巴，脸上没有任何表情。

阿姆兰跨上紫衣贵族的马背，抖了抖缰绳，这就是他的全部回答了。他们离开城市，见到第一条大路就拐了上去，甚至不知道它通向东方还是南方。方向是一个两人都不感兴趣的问题，因为他们早就知道了自己的宿命。这对搭档各自裹着厚实的毛皮长袍，沉浸在蓄意营造的孤寂气氛之中。

AFTERWORD

后记

您手里这本短篇小说最初的暂用名（在我心中也是真正的书名）是《佩剑的犹太人》。

写书的过程中，我告诉过几个人这部作品的名字，惹得他们很想笑。我猜他们大概认为我起这个书名显然是想开玩笑。毕竟世界各地的犹太人已经有很久不佩戴和挥舞刀剑了，久得甚至把“剑”和“犹太人”（而不是，怎么说呢，“英国人”或“阿拉伯人”）这两个词凑在一起会产生时代错乱的效果，滑稽的不相称感类似于“武士裁缝”或《圣诞老人征服火星人》。没错，犹太战士曾在冷兵器时代的奥斯特利茨和葛底斯堡上过战场；十九世纪的俄罗斯曾抢夺犹太家庭的男童，强行送进沙皇军队。这些战士，以及二战前曾经在其祖国的武装部队尤其是骑兵部队中服役的犹太人，我认为有资格被称为佩剑的犹太人。

然而听见这个书名，人们的眼前似乎不会闪过因克尔曼、安提坦和索姆河那些命运多舛的犹太骑兵，或者穆斯林治下格拉纳达那些阿拉伯化的廷臣决斗，甚至不会想到古代的犹太勇士——例如巴尔·科赫巴[1]或以超凡臂力而闻名的犹大·马加比[2]。浮现在他们眼前的会是个不讨人喜欢的矮子，戴眼镜，留胡须，挥舞着一把马刀：莫特尔·坎佐伊[3]的翻版。浮现在他们眼前的会是伍迪·艾伦倒退着走向最近的出口，俏皮话像连珠炮似的发射，手里的长剑微微颤抖。浮现在他们眼前的会是曼尼大叔，嘴里咬着匕首，宽松长裤的皮带系到胳肢窝的高度，从吊灯上掉下来，把两个穷凶极恶的审计员的脑袋撞在一起。

好吧，也许是因为我说出书名时表情不够严肃。然而我是认真的，至少是半认真的，或者更确切地说，我不可能使用比时代错乱和不相称更真诚的手法来给这本书命名了。

1 知名犹太人政治人物，于131年率先起身反抗当时统治巴勒斯坦地区的罗马帝国政权，并于132—135年持续此族群革命。

2 古以色列人祭司长亚伦的后裔，继承父亲玛他提亚对抗塞琉古帝国的统帅职位，他是犹太人历史中与约书亚、基甸、大卫齐名的英勇战士。

3 电影《屋顶上的小提琴手》里的角色。

我知道，对于我或一个受过我这种文学训练、属于我这个文学时代、有我那些名头的作家来说，写的小说里有人拿剑就已经很不相称了。近至十年前，我已经发表了两部小说和二十来个短篇，没有一部里出现的武器比格洛克9 mm手枪更古老。没有一部的时代背景设置在1972年之前，地点也不会比法国巴黎的播音室更遥远或富有异域色彩。大部分短篇登载在稳重、可敬和大体而言没有刀剑的刊物上，例如《纽约客》和《哈泼斯杂志》，主角都是不带武器的美国人，故事都是他们体验当代短篇小说的永恒命运——失望、不幸、失落、痛苦的醒悟、霉运临头的时刻。离婚；死亡；病痛；暴力，无因的，家庭的；离婚；盲信；欺骗与自我欺骗；父子之间、男女之间、朋友和情人之间的爱与恨；美与欲望的稍纵即逝；离婚——好像差不多就是这些了。多多少少就是我的人生故事。至于两个长篇，它们在时间和空间上并没有比短篇走得更远，也没有更加深入犹太本质的领域：背景都放在匹兹堡，庞蒂亚克和福特轿车戏份很重，散发大麻、一千零一夜香水和波兰熏肠的香味，有斯莫基·罗宾逊的时代金曲和《星际迷航》的引用；主要角色是非犹太教徒或世俗化的犹太人，其中大多数受到摇滚乐和好莱坞的有意识启迪、教育和降服，影响他们的不是雷根斯堡圣人的失落著作，后者的评述对《哈扎尔绅士》的主角之一有着非同凡响的重要意义。

我不是在说——允许我澄清一下——我不是在说，我轻视或厌弃本人的早期作品或者它们所代表的文学类型（世纪末自然主义）。我对《房屋狩猎》《S天使》《人狼正青春》和《人狼之子》这些小说感到自豪。在我所有的作品中，我向来最喜欢的是《奇迹小子》，它拯救了我的生命，甚至算是真的拯救了我，因为它取代了我那第二部注定败亡的小说，免除了我永远生活在为它遭受苛责的那个世界上的痛苦。我并不想抛弃我在二十世纪末写的那些东西，希望我的读者也不会。《哈扎尔绅士》这本书呢，就像它近期的一些先行者，你们见到的是我这个作者正在尝试做我早期故事里许多角色（亚特·贝克斯坦、格拉迪·特里普、艾拉·怀斯曼）尝试、渴望、准备去做的事情：我出发去寻求一点小小的冒险了。

对于长久以来我希望被视为的那种作家（“严肃的”“文学的”）来说，这种冲动似乎有点格格不入，但稍微提一提我是个什么样的人，应该就能解释清楚了——我认为同时也能解释冒险小说为何能够长盛不衰的事实。我从未挥舞过战斧或刀剑。我从未——感谢上帝——杀过人。我从未当过某个帝国的士兵或雇佣兵，从未在深夜潜入一座宫殿或骑象奔跑，虽说我骑过马，技术马马虎虎，谈不上有一丝一毫的信心或风度。我不会大笑面对死亡或危险，事实上差得远了。我从未仅靠几口臭水和一把烤黍粒就在沙漠中求生，从未逃出过监狱、绞刑架或快速小帆船的锁链桨手凳。我从未把身家性命都押在一次掷骰子上，我在拉斯维加斯的赌桌上输个一百块就已经想跪地哭泣了。

这并不是说我从未冒险过：我品尝过冒险的滋味，而且不止一次。因为无论你厌恶冒险还是胆大包天，冒险的机会都会落在你头上，说不定同样频繁。自从奥德修斯的时代开始，一个人离开家或者企图回家，冒险都是符合逻辑和必然性的结果。所有冒险都发生在那个受到诅咒和有魔法的空间之内，无论你是有意发现还是偶然碰到的，反正它都最不像是你的家。一旦你踏出门槛或跨越国境线，来到社会结构、法律和习俗与你成长环境迥然不同的另一个空间，家庭和邻居的支持和赞同在那里不复存在（而反对和压迫同样不复存在），那么你就进入了冒险世界，一个充满哀痛、奇迹和悔恨的地方。让我选择，我当然更愿意留在家里，待在家里，我可以更安全地在书本里冒险，或者敲着键盘，在电脑键盘这片友善的荒原上寻求刺激。

我猜我想说的应该是，一个专门在《纽约客》上写婚姻、争吵之类东西（例如本人第二部短篇集里的《那曾是我》）的作家交出一本充满刀剑和马匹的传奇故事，你尽管会感到不怎么合拍，但比起见到另一些景象所收获的海量不合拍来说实在算不得什么。这些景象包括我坐在马上，或者尽量不从激流木筏上掉下去，或者在黑夜中出发，去寻找斯普林斯汀的感觉——我时不时会这么做，每次都怀着一颗直往下坠的心，确信自己会失败，然而某个坏朋友或大胆的陌生人总能引诱我怀着疯狂的希望踏上征程。

作家和作家之间的这种不相称暗合了一类经典的冒险故事（从《堂吉诃德》到《绿宝石》[1]各种各样的作品里都能找到它的痕迹），这种作品的作者或狂热读者得到机会（或被迫）在“现实生活中”体验冒险。从这个角度来看，说来有些自相矛盾，犹太人与刀剑和犹太人与冒险就没那么不相称了。犹太人与起源之地的关系犹如一根拉得越来越长、越来越细的绳索，由漫游者的自由和被放逐者的束缚编织而成，它将犹太人与其故土捆绑在一起，我们能在其中

1 Romancing the Stone，1984年美国寻宝冒险电影。

清晰地辨认出冒险的印记。犹太人故事的核心（甚至主角）是危险与变故、不幸与灾难、灵感的伟绩、辛劳与绝望和穿插其中的荣耀与神恩时刻，依托于离家和返乡的旅程之中。好坏暂且不论，这一场漫长的冒险就是一部五千年的奥德赛，始于真正的第一诫颁下的那一刻，也就是上帝对亚伯拉罕说lech lecha：汝当离家。汝当迷失。汝当遭遇毁谤、压迫、九死一生的逃亡和毁灭。简而言之，汝当冒险。比起野蛮人柯南或达达尼昂来说，犹太人冒险的传统故事或许没那么带劲；我们的伟大主角似乎与蛮勇和武器格格不入。然而，这种格格不入感反而使犹太人更适合成为这种故事的主角（或作者）。另外，也许现在该重新回顾那些传统故事了（就像我在这本书里尝试做的），寻找一个虚幻的王国，一名有自尊的犹太冒险者带着刀剑战斧来到这里不会受到嘲笑。

假如你依然觉得舞刀弄剑的犹太人是个可笑的念头，那就看看你自己吧：坐在喷气式飞机的座位上，穿着——比方说——古怪的橙色塑料橡胶运动鞋，听着数字化的音乐，从夏洛特飞往拉斯维加斯，希望借助一本线缝胶合、涂着大团小团油墨的纸浆造物，暂时忘记你自己、你的家、确信的事物、生活的边界和障碍。带书的人类。2007

年了，还有什么能比这个更不相称的？我看见了就想放声大笑。

——迈克尔·夏邦

A NOTE ON THE KHAZARS

哈扎尔人小记

本书题记引用的伊本·沙普鲁信件为证，神秘的犹太哈扎尔汗国向来诱惑甚至折磨着背井离乡的犹太人。时至今日，我们对哈扎尔人依然知之甚少，他们来自突厥，定居于高加索山脉和黑海之间的地区，有一段时间曾经统治此处。他们似乎有很大一部分人在公元900年之前的某个时候皈依了犹太教，但没人能够确定他们皈依的程度和原因。没人能够非常确定哈扎尔人的任何情况，他们留下的文字记录实在太少，只知道他们曾经在数百年间统治那块地区，在此期间曾有多位著名的阿拉伯旅行者造访此处，这些旅行者的距离是我们了解哈扎尔汗国的主要信息来源。为了写《哈扎尔绅士》，我阅读了我能找到的全部哈扎尔人资料，包括《伊本·白图泰游记》。不幸的是，俄罗斯人类学家和学者的大量研究成果超出了我的能力范围。我的主要信息来源是凯文·艾伦·布鲁克（Kevin Alan Brook）名著《哈扎尔汗国的犹太人》（*The Jews of Khazaria*）第二版。我还从亚瑟·库斯勒（Arthur Koestler）未必可靠的《第十三部落》（*The Thirteenth Tribe*）中吸取了一定的历史氛围和哈扎尔人的历史意义。至于武器和盔甲，我非常愉快地使用了鱼鹰社（Osprey）的《武装者》（*Men-At-Arms*）系列（第85、89、105、320和333卷）。读者若想进一步了解哈扎尔人的世界和时代，可参考《犹太百科全书》（*Encyclopedia Judaica*）中的相关条目和以下网站：

http://www.khazaria.com;

http://en.wikipedia.org/wiki/Khazars;

http://wwwfanaticus.org/DBA/armies/dba93.html;

http://wwwgeocities.com/Eureka/Enterprises/2493/caucbord.htm。